U1014300

人生没有多余的苦

朱成玉 著

江苏凤凰文艺出版社
JIANGSU PHOENIX LITERATURE AND ART PUBLISHING

图书在版编目（CIP）数据

人生没有多余的疼 / 朱成玉著. -- 南京：江苏凤凰文艺出版社, 2023.4
ISBN 978-7-5594-7472-8

Ⅰ. ①人… Ⅱ. ①朱… Ⅲ. ①散文集 – 中国 – 当代
Ⅳ. ①I267

中国版本图书馆CIP数据核字(2023)第003152号

人生没有多余的疼

朱成玉 著

责任编辑 张 倩
图书监制 马利敏 孙文霞
策划编辑 李 辉 陈阿猫
封面设计 末末美书
封面插画 阿竹 uzoo
版式设计 姜 楠
出版发行 江苏凤凰文艺出版社
南京市中央路 165 号，邮编：210009
网 址 http://www.jswenyi.com
印 刷 唐山富达印务有限公司
开 本 880 毫米 ×1230 毫米 1/32
印 张 9.5
字 数 185 千字
版 次 2023 年 4 月第 1 版
印 次 2023 年 4 月第 1 次印刷
书 号 ISBN 978-7-5594-7472-8
定 价 59.80 元

江苏凤凰文艺版图书凡印刷、装订错误，可向出版社调换，联系电话025-83280257

目录

人生没有多余的疼

第一章

我的灵魂里住着风

第二章

星星亮着，就无法停止想念

第三章

在人间行走要念的经

第四章

我打扫天空，你邀请太阳

第五章

草木繁盛，人间喧嚣

第六章

家人闲坐，灯火可亲

第七章

落在纸上的星星

第一章

我的灵魂里住着风

人生没有多余的疼

在键盘上敲字的时候，忽然想，如果人生也有一个删除键，我会删除些什么呢？快乐幸福的时光自然舍不得删去，那么删去的就只有那些疼了。

我想删去肩膀的疼。在家待业的时候，临时在一个工地做了半年力工，手掌磨出许多大大的血泡，却也不能停下来，因为瓦匠等着我"伺候"呢。炎炎烈日，汗流浃背，苦不堪言。之后，又去粮库扛麻袋。黑压压的麻袋落到肩膀上，整个人一下子就蹲到了地上，如此反复，直到后来才慢慢地直起腰来，真不知道那一天是如何熬过来的，那是天底下最漫长的一天，我盼着天快点黑下来，快点，可是太阳好像故意和我作对一般，越发地把它那邪恶的热泼到我身上。回家之后，掀开衣服，看到肩膀上整个掀开了一层皮，里面嫩嫩的肉"呼之欲出"！母亲一边给我擦着药膏，一边心疼得直掉眼泪。

我想删去脚掌的疼。刚结婚的时候，一贫如洗。租来的房子又小又破，冬天很冷，墙壁上到处是亮晶晶的霜花。买不起煤，就去后山打柴。有一天回来得晚，天已经黑了，妻子担心，拿着手电去山路上寻我。直至看到我拉着一车柴火，蹒跚归来时，终于忍不住哭出声来。我告诉她，不敢快走，鞋子马上就要掉了底儿，她找根绳子帮我把鞋子绑上。脚冻了，又红又肿，害得我现如今走起路来都不是那么笔直。

我想删去牙疼，我想删去头疼，我想删去失恋的疼，我想删去失去亲人的疼，我想删去各种各样的心疼，我想删去太多太多的疼！

我不知道，为何我的人生有如此多的疼，我似乎是“疼痛银行”的行长。

但是现在，我感谢疼痛，每一次疼痛，都会带给我一次历练。就像一次一次的跌倒，让孩子学会了走路和奔跑；就像一次一次的摔伤，让鹰学会了飞翔。

喜欢养一些小动物，可是不得不面对的是它们过早的死亡，一次次让我心疼。后来，我渐渐领悟到，死亡是所有生命必走的最后一个环节，我也要有那样的时刻，不得不面对一双双急切盼望我起死回生的眼睛，但终究要走，就像我无法留住亲人一样。所以我感谢那些曾经陪伴在我身边，又一只只夭亡的小猫小狗、小鸡小鸭，是它们的死，让我一次次地进行悲伤的演练，让一颗心慢慢结出一些坚强的痂来。那不是冷漠，是为了保护一颗心而结的茧。

总有一天，我的心，会破茧而出，不再迷惘于尘世的悲欢，而超越生死。

人生在世，谁没有疼的经历呢！有痛感的人生，是有盐、有钙的人生。

疼是人生里最活跃的细胞，可以用它谱曲，用它填词。用岁月轻轻将它吐出，可以换一曲妖娆的歌儿。

疼是推着人往前走的风，你若想甩脱它，便闻不到它吹送到你跟前的花香了。

人生没有多余的疼。赞叹珍珠的光芒时，别忘了，那是贝壳的眼泪，是用疼痛磨砺出来的璀璨。

路过我心，请迈着梅花鹿的步子

我的心是一张白纸，路过我的时候，我希望，你迈着梅花鹿的步子。那样，梅花鹿的小蹄子，就会在我的心上反复地来回游走，踢踏出一幅曼妙的画来。

一幅曼妙的画，于我是何等重要！就像，积聚了半世的笔墨，等着某个人在某一刻来为我的一生题词。我希望得到的两句诗是：身为菩提拂万物，心似莲花不染尘。

可是，在婆娑的月影下，你还会来吗？

夜里的露水，洗净了你的小蹄子，我不许你跑进那黑暗的境地，月光照不到的地方，我不放心。

那就径直到我的心上来。我清空一切凡尘迎你，在心底举行一场盛大的欢迎仪式，你无须盛装登场，只需迈着梅花鹿的步子。

经过我心，无须你带来外面的消息，我不想打听灯红酒绿里的秘密，不流连歌舞升平里的欢愉。如果可能，请带来一缕风，轻轻吹动我心底的一朵云。这朵云于我心底睡了很久，到了该唤醒它的时候。

每个人都有属于自己的一个关于桃花源的梦吧。那里风和日丽，四季常青，不论时日多久，都不见任何衰败的迹象，这就是所谓的永恒吧。

月光，是我无比寂寥的人生中唯一的欢愉。但不必纠结于丢失和寻找，把它想象为孩子们的迷藏，请任由它绽放或者躲藏。

是的，我所求甚少，一抹月光就足以慰藉我半世沧桑的心。偶尔，月光不见了，我亦不觉得悲苦，一颗心，总要经历一些黑暗的时刻。此时，请允许我自由支配我的痛苦。

闭上眼睛，灵魂在呼吸——

人，习惯了在音乐里寻找安慰。那些音符，把我从陌生的路上唤回来。灵魂似乎被抽去了丝，轻得如一缕香，承不得一件薄纱。

人，习惯了在绘画里复制梦幻。那些线条，把我推上一段奇异诡谲的旅程，无数重复的风景，重新经过我的眼底，它们无法再次将我点亮。

人，习惯了把埋藏在地下的财宝视为自己的孩子。这根深蒂固的贪婪，把人心牢牢地扎根在暗处。你是否闻到，一股腐朽的味道？

哦！月光出来了，我睁开眼睛，接住它递过来的手帕。

我用它熨平了我的心。

我的心是一张白纸，路过的时候，请你迈着梅花鹿的步子，轻点，再轻点。我要的，不是那小蹄子敲击出的乐调，而是它踩出来的花瓣。

轻点，再轻点！

每一滴眼泪都是人世间最小的湖泊

人一生下来就会哭，眼泪是神赐的礼物。

而你多久没有流泪了，你是否已经忘记了眼泪的滋味？当你看透一些人一些事，你是可以变得更纯净的，那些人和事就像是过滤器，可以把岁月中的杂质都过滤掉。然后，你变得坚硬，在心的外层长了厚厚的保护茧，很少有什么人、什么事会再伤害到你，可是，也没有什么人、什么事会再感动到你。眼泪，这神赐的礼物，你正在亲手将它丢弃。

在儿时的记忆中，大人哭泣有默泣、轻声啜泣、大哭，更有撕心裂肺般的号啕大哭。小时候不懂情感，哭泣的原因更多是因为得不到喜欢的物品，或者因为某些外力，比如被老爸胖揍。长大后，只有自己经历过才明白，人们只是习惯拿流泪当作感情的宣泄口。孤独了会哭，想念了会哭，感动了会哭，委屈了会哭，分别了会哭，面对苦难也会哭……

祝勇说，人被一种爱所抛弃并不可悲，可悲的是从此对春华秋实视而不见，从此失去了美的心境，那便是在人生旅途上，购了车票付了代价，却忘记了领略路上的风景啊！我想，对这句话，失恋的人应该是最有体悟的。疼了就哭出来，眼泪会让你的眼睛更清澈，看到更美的世界。

眼泪多么动人。我对爱人说：为我清扫内心的街道的，是你唇间努过来的风，还有你眼里流出的泪。

冰心老人觉得生命的长途要有花，更要有泪。“爱在左，情在右，在生命的两旁，随时撒种，随时开花，将这一径长途点缀得花香弥漫，使得穿花拂叶的行人，踏着荆棘，不觉痛苦，有泪可挥，不觉悲凉。”爱若在，眼泪便在，暗淡的人流出的眼泪，也一样可以映出星星。这人世间面积最小的蓝色湖泊，将会因为爱，而永远不会枯竭。

我喜欢传统的写作方式——钢笔与稿纸的摩擦。我的钢笔，蘸的是墨水，淌出来的是眼泪。我始终相信，用泪水浸泡过的文字，必然会更纯净。同样，在保持心灵的洁净方面，没有任何一种洗涤剂比泪水更有效。

所以，不要关闭你的泪腺，那是你与世界保持亲密关系的纽带。大哭一场之后，总是感到洁净了，就像心和头脑刚刚在洗热水澡时相互搓背。

据科学解释，眼泪具有很多功效。它能杀死细菌，眼泪含有溶菌酶，仅在短短的 5 到 10 分钟内便能杀死眼部细菌总量的 90% 到 95%；它能排除毒素，像一种自然疗法或按摩疗程，排除我们体内由于压力积聚而成的毒素；它能降低压力，排除体内由于压力积聚的一些化学物质；它能保护我们的视力，不仅润滑我们的眼球和眼睑，还可以防止眼部黏膜脱水；它能释放情感，虽然不是每个人都会经历过创伤或重度抑郁，但每天都会有人在心中积累冲突和不满情绪。有时它们聚集在大脑的边缘系统和心脏的某些角落。

人的身体很聪明，会选择性地遗忘悲伤，哭过就会忘记。小哭怡情，大哭伤身。

思念是一捆干净的柴火，让世上的心碎人，一边烤火，一边缝补衣裳。眼泪是这捆柴火里最耐烧的部分。

如果疼痛无法止息，那么，就选择承受。大声地哭出来，眼泪会替你清洗伤口。疼痛的时候，你是一棵战栗的树，待你痊愈时，你会是一座森林。

我的灵魂里住着风

每个夜晚都被我分割成了好几块，8 点到 12 点，是睡眠的时间，把心交给梦；12 点到 4 点，是写作的时间，把心交给键盘；4 点到 6 点，重新回到梦里，把心交给身边的爱人。

闹钟刺耳的尖叫，把所有的美梦毫不留情地击破，新的一天又开始了。

十年如一日，我一直坚守着我的习惯。

每一个早晨，我都把自己平静地铺成一张白纸，等着阳光到我的灵魂里泼墨挥毫；每一个夜晚，我都把自己倒得空空，然后往灵魂里添加风、星星、萤火虫……总之，尽量添加一切诗意的东西。我只想提醒自己，别让灵魂忘记了飞翔。

朋友在繁华的大都市给我找了份工作，不知比我现在的工作要好上多少倍。我踌躇满志欣然前往，可是到了那里之后，忽然有了一种悲凉的感觉，令我全身发冷。我在灵魂的湖面映照出了自己，我看到了我的苍白。我有着长势良好的身体，可是内心荒芜着，寸草不生。

我转过身，逃离了那一切。

那里的高楼大厦不属于我，那里的灯红酒绿不属于我，那里的尔虞我诈不属于我，那里的人情冷暖也不属于我。在高贵的上流社会面前，我做了一次逃兵。

爱人却留在了那里，接受世态炎凉的煅冶。

我知道自己到底在寻找什么，什么样的生活才是我自己的。有人说，眺望摩天大楼的人，其实都是在眺望自己的幸福。我不是，我的幸福没有那么高。

我的幸福低到尘埃。

屋檐上鸽子成群，院子里花团锦簇。你喜欢的小狗，即使你在它吠叫的时候轻拍它的小脸，它一样喜欢趴在你身边轻轻入睡。还有不被打扰的月亮，可以喝的露水……这些都是我急着要向你表达的，我安安静静的幸福。

我总是设法让自己慢下来，我不想奔跑。那么快速旋转的时光里，我们丢失了什么，拣起了什么？有时候，你的手，抓住琴却抓不住音乐；你的耳朵，储满了涛声却丧失了河流。

有些人的幸福像瀑布和山洪，有些人的幸福像涓涓小溪。瀑布和山洪貌似巨大，但来去匆匆，小溪用最低的嗓音歌唱，却可以生生不息地流淌。

我愿守着自己小小的幸福，在尘世缓慢地移动脚步。我只想像个小孩子一样，在你面前兴高采烈地阐述简单的思想。尽管我也有自己的痛苦，物质上的清贫，是我对家人永远的愧疚。

但我终究不忍将自己物质化，就像鹿身上的梅花，它是艺术，你不能将它明码标价，进行抛售。

瑞典作家梅特林克有过一段精彩的话。他说，在星期日不去酒店喝个醉，却安静地待在他的苹果树下读书的农民；厌弃跑马场的纷扰喧嚣，却去看一场高雅的戏或者独享一个宁静的午后的小市民；不去街上唱粗俗的歌或哼些无聊的曲子，却走向田间或者到城墙上看日落的工人，他们都把自己命中那一根无名的、无意识的，可绝不是不重要的木柴投进了人类的大火之中。

我的生命中，唯独不缺少那样的木柴。

我的身体很臃肿，但灵魂很轻，我的灵魂里住着风。

爱人回来了，从那个灯红酒绿的城市。她说她再不会走掉，她怀念家里的炊烟，怀念家里的鸽子和小狗，常常在夜里想得发疯。我知道这样的结果，因为我知道，爱人的灵魂里也住着风。

我们是一对清贫的快乐的人，我们的灵魂里住着风，就像那水边的蜻蜓，守着命里注定的贫穷，临风振翅、翩翩起舞。

贫穷，但听着风声总是好的！

在皱纹的地图里

老了，习惯性瞌睡，看一本书，看着看着就有了睡意。就如同此刻的你，读完《阿赫玛托娃诗选》的第十二首，睡着了。鼾声如小鹿，踢踏在诗行里。如果我把那杯咖啡递给你，并且把壁灯调得亮一点儿，你是会坚持着读完第十三首的。

在那首诗里，你读出了谁的影子？

我凝神地望着一座老房子，朋友不解，这么个破房子，有啥好看的？我说，我在观望一段时光。没多久它就要被拆除，再来的时候或许就看不见了。所以，我把它记在心里，这房子就永远不会坍塌了，岁月也终将因此而不会老朽。

这老房子是我和爱人最艰苦又最温暖的岁月的见证。这让我想起安徒生的《茅屋》：在浪花冲打的海岸上，有间孤寂的小茅屋，一望无际辽阔无边，没有一棵树。只有那天空和大海，只有那峭壁和悬崖，但里面有着最大的幸福，因为有爱人同在。

有爱人同住的茅屋，就是最美的天堂。

我愿意为我爱的人写诗，为我爱的世界写诗。而我的每一首诗，又都是一则寻人启事。在记忆之海里，用诗句打捞着走失的亲人。

亲爱的你，在第几行里？

我们渐渐老了下去，谁都躲不过时光的摧残。它看似温情款款，实则摧枯拉朽，任何人都不是它的对手。一道道皱纹，就是它的“战利品”。

而我爱着你的皱纹，它们是游在岁月里的鱼。

年轻时爱你的神采飞扬，老了爱你的苍老褶皱，这才是世上最好的爱的读本。

电影《奇迹男孩》里，朱莉娅·罗伯茨扮演的妈妈说：“我的皱纹，我的白发，它们就像一张张地图，告诉别人我去过哪儿，经历过什么。”

那皱纹能告诉别人都去过哪里。这多好！

在皱纹的地图里，我寻找我们一起经历的世界。

在皱纹的地图里，我尝试着变回孩子，重新学习走路，挑大路走，不再钻牛角尖。把喉结隐藏，尝试着发出童声，用纯真的眼睛，重新把世界清洗干净。

“听说他家是卖橙子的，你吃不吃？”

“什么吃不吃？”

“橙子。”

“橙子咋的了？”

……

这是我花样年华的女儿发的朋友圈，对于年轻人来说，这是谐谑。可是对于年老的人来说，这多么悲伤！

身体日渐老去，思念故友却忘记了名字，老是怀疑忘记锁门，散步回来却没带钥匙，挤公交盼着有人让座，却又因为年轻人叫了一声大爷而心情不悦。所以，尽管身体慢慢衰老，心灵却还在一刻不停地向童真靠拢。学不会世故，天真得常常闹出笑话来，这有点儿像无忧岛上的彼得·潘，永远不想长大。

大爷强势了一辈子，家务活从不染指，哪怕是大娘怀孕和带孩子的时候，也没见他帮过一次手。

老了，竟然换了个人一样，把家务活全包了，还成天把大娘往外推，让大娘出去打麻将、扭秧歌，总之，爱干啥干啥，高兴就好。

这让所有人都有些不解。大爷说，这辈子也没让她享啥福，给咱生了这么多孩子，一辈子净吃苦挨累了，老了，也让她享几天福吧。

这就是爱情。人世间，有多少走不通的地方，讲不清的道理，都可以让爱情去试试。

万宝湖的荷花凋落了，观赏的人渐渐少了，直到再无一人。人们喜欢绚烂，比如烟花。对于繁华趋之若鹜，对于凋零无人问津。

在那一片凋零里，一朵晚开的荷花，异常耀眼。无人欣赏，它便开给阳光，开给风，开给这步步紧逼的秋天。

诗人雷平阳在一首诗里形象地把母亲和孩子结合起来："母亲……坐在老式的电视机前，歪着头，睡着了，样子像我那九个月大的儿子，我祈盼这是一次轮回，让我也能用一生的爱和苦，把你养大成人。"

看吧，在皱纹的地图里，爱，一直都是连接彼此的那条路，窄窄的，却在维系生命的血管。

时间的拐杖

我看不见时间的白色绒毛，却感受到那双巨大翅膀的飞翔。

在不同的人心里，时间扮演着不同的角色，有时候是恶魔，有时候是天使，时间带给人煎熬，也带给人愉悦。

周传雄在歌中唱道：感情像个闹钟，按一下就停。

阿赫玛托娃在诗中写道：我活着，像座钟里的布谷鸟，我不羡慕森林中的鸟儿们。上紧了发条，我就咕咕叫。你要知道，这种命运，我仅仅希望，仇敌才会拥有。

年轻人即便穿着时间的跑鞋，也跑不到时光的前头去。年老者拄着时间的拐杖，也不会被光阴落下太远。时间就是那样的东西，你快，它也快，你慢，它也慢。

时间，是一个人心灵的疆域。

和厌恶的人独处，一天犹似一生漫长；和心爱的人相拥，哪怕一秒，也是永恒。

早晨在公园锻炼的时候，看见一对老两口步履蹒跚。显然，老头儿的脑血栓看起来很严重，在一个小栏杆前，怎么迈也迈不过去。老太太在那边急了：“你给我刚强点儿，就这么个小栏杆，今天迈不过去咱就甭想回家了。”看着老头儿一次次无功而返，满头汗水的样子，我实在不忍，走过去想帮他一把，没想到凶狠的老太太连带着把我也一顿呵斥：“不许帮他！”

我不禁有些不悦，这好人还做错了吗？

老头儿咬了咬牙再一次抬起腿，成功了。老太太转怒为喜，拿着毛巾给老头儿擦汗，对我也满是歉意：“小伙子啊，大娘知道你的好心。可是，你扶的，是这么一次，我扶的，却是他的一辈子啊。”

老太太接着说：“我们都没有太多的时间了，更别说可以自己走动的时间了，所以啊，我得让他再多走几步。”

多走几步，那是老人在用蹒跚的脚步多吻几次今生的路。

看过这样一个故事：一个农妇在墓地为她亡去的丈夫哭得死去活来。一位哲学家路过劝说她节哀顺变，并列举了从古至今的诸多伟大人物曾遭受的比她失去丈夫更大的不幸，“可他们不都很坚强地好好活着并做着他们伟大的事业吗！”然而，农妇对此充耳不闻，仍旧一味地哭泣。哲学家很为农妇的愚昧生气，转身走掉。

过了一些时日，一天，农妇前去为亡夫扫墓，意外地看到哲学家在一座新坟前痛哭流涕。在哲学家断断续续的诉说中农妇才明白，原来哲学家刚刚失去了他的小儿子。农妇不太会说话，便想到用上次哲学家安慰她的话去安慰眼前这个伤心的老人。“这没有用！”哲学家老泪纵横，“说什么都没有用，我的心都碎掉了。”

时间又不知过去了多久，一天，两人在田野中再次相遇。从对方平静的神态中，他们看出彼此都已从往日的伤痛中走了出来。

这个故事本意是告诉人们当伤害来临时，要试着去学会拥抱它，像拥抱荆棘那样。人，终究要靠自己来站立。

我感受到的却是时间的魔力！

每一种或惊喜或悲伤的经历都只是一种经过。从现在开始，每一步，都开始走得真实，像一朵花不再为蝴蝶的赞美去开放，但它开放；不为秋天的一滴眼泪而凋零，但它凋零。

在自然里，没有悲怨，也没有疼痛，只有一种经过。像雨滴经过天空，经过房瓦，经过屋檐，掉下来，在地面上溅起水花。经过水花，经过尘土，经过流动和静止，以及，风和云的幻化。或者下沉，或者上升。无意执着于一场相遇，也无心挣扎出一份永恒，就那么天收地藏，没了影踪……终于把自然和自己的人生融在一起。

终于知道霜林尽染和悲哀无关——是自然经过了它。是的，我们的生命必然要被自然经过的，而我们，经过情感！

“世界这么大，找不到一个可以哭泣的人，落日下的山河，该消失的都消失了，唯余你我。最冷的日子，把自己披在身上取暖。”（大卫语）

自己做自己的火焰，心灵才不会挨冷受冻。即便有一天老去，也不必伤怀，时间的拐杖会轻扶着你我，不让我们在悲伤里猝然倒地。

从今天开始，抱住今天

今天，我是崭新的，我从不认为自己已陈旧、过时；每一天，我都是新的。新人，我取最早的露水，洗自己的脸，而后去镜子中，与自己相认。通过一面镜子，我会看到一模一样的自己；只是，镜子里的那个，是冰冷的。

通过别人的眼睛，人会看到不一样的自己，甚至，一张脸上的两只眼睛里，都会是不同的。我的内心，有柔软的闪电，也有愤怒的惊雷，这些别人都感受不来，只有自己能看到。

我长了皱纹，生了白发，但我依然宠爱自己。我是今天的主人，我主宰今天，驾驭今天，今天的分针和秒针滑行起来，必然带着芬芳。

看过一部令我陷入思考的美国电影《降临》，它的剧情是：十二艘外星“飞船”从天而降，散落在地球十二个不同的地区；这十二个地方没有任何人类已知的关联。各国成立了类似联盟的组织来破解这次外来生物到访的目的。

语言学家露易丝及物理学家伊恩受命负责与美国上空的外来生物进行沟通。外来生物的时间是非线性的，这在一定程度上也体现在他们的图形文字上。

通过与外来生物的沟通，露易丝逐渐理解了外来生物的语言，并获得了预知未来的能力。通过这项能力，露易丝成功地说服了影片中的中国人民解放军总司令商将军，使已经破碎的对外联盟再次联合在一起，最终避免了一场地球与外星生物的战争。

最后，外星生物离开，露易丝跟随着未来的脚步与伊恩在一起，他们未来一定会有一个叫作汉娜的可爱的女儿。

与其说它是科幻片，不如说是人性片，影片最感动我的地方是：经过与外星生物的接触，露易丝获得了预知未来的能力，影片开始，露易丝和女儿汉娜的生活片段仿佛是回忆，影片后部才让人发现这是未来。在未来，露易丝同伊恩相爱，有了女儿汉娜。但是女儿最后在青年时患癌症去世，伊恩也离开了露易丝。即便知道结局，露易丝还是选择了开始，她向伊恩说："尽管知道整个旅程，知道它通向哪里，我依然倾心接受，拥抱它的每一个时刻。"

未来或许不是最好的安排，但她还是勇敢地选择了接受。

在她与外星生物对话的时候，我觉得，那不过是一个人与自己内心的对话。她是这样总结自己的——会很多种语言，懂得许多交流方式，但最终还是孤身一人。

对于露易丝来说，未来无时无刻不降临在眼前，就像我们每个人都知道在生命的最后，自己必将经历死亡，但还是会认认真真地过好每一天。

爱自己，像爱一本心仪的书那样，轻轻地翻阅，认真地思索。自己可以把自己逼到天涯，自己也可以把自己捧上蓝天。顾城说，世上只有一本书就是你，别的书，都是它的注释。

那么，好好地阅读自己吧。别错过任何一个段落，甚至一个词，一个字，一个标点。别错过任何一根头发，一根睫毛。

无关过去与未来，今天就是最美的降临。今天，你是独一无二的你，任何人都无法替代。当然，你可以特立独行，自然也不必要求大家都标新立异，那样岂不是要天下大乱。每个人都有权选择自己的生活方式，我们要养成一种平和自由的心态，能够对自己不了解的东西报以宽容，能够对自己不赞同的观点报以理解，能够对自己不喜欢的事情报以尊重。

你可以不具备制造光亮的能力，但请务必保有一颗接纳光亮的心——从今天开始，抱住今天。

在今天种下一棵树，明天我死了，树会替我活着；在今天写一本书，明天我死了，文字会替我活着；在今天生下两个女儿，明天我死了，米花儿和米粒儿会替我活着。

今天，甚好。风来唱歌，雨来吟诗。没有传奇，没有壮举，只有简单的歌里传颂的，平庸的幸福。感谢白天照亮了白天，感谢黑夜遮蔽了黑夜；感谢我，拥抱了我，拥抱当下一个个美好的瞬间，不问前程如何，但求落幕无悔。

念旧的菩萨

我是一个怀旧的人。许多旧物都不舍得扔，以至于搬家的时候，光是那些旧物，就浪费了不少人力。比如满满几大箱的旧书，我无比珍视，按理说，那些书都看过好多遍了，留着似也无用，可我总是迷恋那上面的味道，有些发黄的书页，被旧时光的风吹着，书里面夹着的一片叶子，或者一张小纸条，都向我传递着某些日子里的小情节。

旧，像我乡下的穷亲戚，不常走动，可是它在那里，镀着岁月的银光。

万物速朽，唯有往事最为保鲜。在往事里，可以让大红的灯笼经久不息地挂着，可以让一扇窗子永远向北敞开，可以不受打扰地埋头数你的星星，忘却白日喧嚣。

我们总是习惯怀念过去的日子，无论当时是否欢喜！比方我在敬老院见到的这位老者，已经 80 多岁了，业已枯萎的人，回忆起过往来却是精神抖擞；说起记忆中那些极其艰辛的事，却表现出很自豪的样子，俨然英雄一般。

我想起大哥来。50 多岁了，赶放着上百只羊，日子乏善可陈，唯有靠着记忆里的那点光鲜来装点门面。每次喝酒，他都必然要去回忆里捞几段往事做下酒菜。几乎每次必提的一件事是——年轻的时候，他好勇斗狠，喜欢抱打不平。有一次，二哥放学的时候被人欺负，回家哭了鼻子。大哥二话没说，跑去学校边蹲坑，以一敌十，把欺负二哥的小混混们暴揍一顿。

而父亲的记忆里更多的是他的车床，他在车床前一站就是半辈子，一天和一年没什么两样，一年和十年也并无区别。有时候我问他，这一生有啥值得回忆的，父亲咂了一口酒，仔细想了想说："你妈生你那天，我在厂里戴了大红花，你说巧不巧！"

比起父亲的黑白照片，母亲的记忆还算斑斓了些。少女的芳心涌动、初为人母的喜极而泣，都是母亲津津乐道的往事，都说忆苦思甜，母亲很少念起过往的苦楚，以及伤害。她记得更牢固的，总是那些美好的事，比如儿女们的一颦一笑，苦中作乐的点点滴滴……而苦，已然被她庞大的内心消化殆尽，荡然无存。

以前总是喜欢收集各种东西，车票、电影票、门票，还有很多承载太多回忆的小物件。往事只是旧了，没有丢失。现在，喜欢在某个下午的阳光里，盘腿坐在地上，翻看从前的照片，一张张、一件件地回忆，五年、十年、二十年……时光呼啸着倒退，且悲且喜。

我见过因为手机内存不足，把和前男友的聊天记录打印成册，然后每天晚上哭着看了一遍又一遍的傻姑娘。她大概是那种太过用力爱一个人而忘了爱其他人，甚至忘了爱自己的人吧。其实我们都知道的，有些人是等不回来的，有些感情也不会因为你念旧就会重来。往事本该如烟，而这女孩频繁地念旧，一如流民怀揣细软，慌不择路地在午夜狂奔。

有个唯美的句子说：念旧的人就像一个拾荒者，不动声色，却满心澎湃。

亲爱的姑娘，你在旧事的汪洋里游，冒着溺水的危险。等某一天，你不再对着那些过往哭泣，你就上了岸。你不是鱼，你早该到岸上来。念旧，而非沉溺于旧。

旧，可以灰着脸，可以神情暗淡，可以卷起毛边，但它的脊梁始终都在。就像此刻我手中的笔，它陪伴了我几十年，有了电脑之后，它被长久地搁置。它是老旧的，可是它的风骨犹在，我与它的爱恋，历久弥新。

眼前的这些字，就是用这支笔写下来的。用惯了键盘敲字，重新拿起笔，它是轻盈的。我不知道用很久以前的笔写下的字，是不是也会有了旧时光的味道，那自是令我欣喜的。

其实，念旧的人更像菩萨，一如我的母亲，庞大的内心里住着慈悲，今朝和往昔，一切安好和磨难，总能平和相处，融于一体。菩萨用她的胸怀，磨砺着岁月的珍珠，心中有爱，世间万物皆有光亮。

以苦酿甜

一年里，去不同的地方讲座，顺便欣赏美景，遍尝美食，常常引起朋友们的艳羡。然而，和这些风光比起来，我更想念风光背后的往事。

刚结婚的时候，穷困潦倒，不得已进了点儿便宜货，赶集去卖。大冬天，天刚刚亮，就奔着集市而去。那天，下了薄薄的雪，我扛着一袋子日常用品，走在雪铺就的路上，心生悲戚。本以为自己会是第一个赶往集市的人，却看到在我之前，雪地上早已印了其他人的脚印，我很苦很累，但有人，比我更苦更累。我们吭哧吭哧，活在这浩渺的人间。

经了大苦，小苦便食若甘饴；历过大累，小累便轻如鸿毛。

妻子回忆我们曾经的苦日子，她写道——

“二十年前，我是个奔波在烟火里的小女人，我买一百块钱的稿纸、邮票和信封给爱人，认真记下路过的风景和人事，也没有忘记回家的路上打一斤油一斤盐。

租来的房子露着风，我用很多破布堵着，依然无法阻止每天脚底那面墙从上到下爬满亮晶晶的霜，窗外别人家的一点灯光射过来，它们就闪呀闪的。

每天怕冻着孩子，只能一直搂在怀里不能撒手。

一个人上山砍柴的他又迷路了，我把睡着的孩子用绳子拴在一个老式板凳上，然后一个人摸黑上山寻他。二十多年过去了，我还记得那天晚上的风雪是多大，也记得我一个人在那个枪毙人的法场，是怎么声嘶力竭地喊着他的名字奔跑的，也记得那条山路上所有的雪、石头和林子在那样的夜晚是多么让人恐慌。

我也记得自己去商量着种了别人家撂荒的土地时的样子，更没有忘自己挺着很大的肚子上山挖野菜时是如何摔过跟头的。

最难过的是每次坐火车回家都是逃票，为了赶那班可以逃票的火车，我们在夜里起来，抱着孩子一路狂奔几里路。因为害怕晚了进不去站，上不去车，会顶着星星早早去躲进站台的旮旯里，像两只惶惶不安的老鼠……”

如今，两只惶惶不安的“老鼠”安逸了许多，变成了“硕鼠”，三天两头赚个千八百块的稿费已变得寻常。我生日那天，得到一笔丰厚的稿酬，心情大好，交与妻子，让她随意挥霍。时不我待，她担心我下一秒反悔，从步行街的这头嗅到步行街的那头，那些花一样的霓裳，令她流连。三千元一扫而空。大包小包落满肩，只需短短小半天！看什么都没给我买，她心生歉意。她说，要不，给你烤十块钱生蚝？我说，不行！怎么也得二十块钱的。

好，我也挥霍一把，二十块钱的烤生蚝，算是自己的生日盛宴了。我吃得忘乎所以。第二天，脚丫子疼得不敢着地，生蚝把我的痛风引了出来。

不过这疼，和曾经的那些苦比起来，简直就是小巫见大巫。窘迫的时候，可没那么超脱，气急败坏得只想爆粗口——老天爷，你就不能可怜可怜我吗？

再苦的日子，也能漏出一滴甜来，比如牙牙学语的女儿开口叫了我第一声爸爸；比如饥寒交迫的时候意外收到了一笔稿费；比如哥哥在稻田里摸到了七条泥鳅两只蛤蟆，给我们做了一顿鱼酱；比如雾霭重重的命途里忽然照进来一缕光亮，让我相信尘世的美好总会与你亲近，就如同相信，雪会落肩，鸟声会停落枝头，月亮会洗亮你的眼眸。

诗人金玲子说过，这么多不幸中，我还有我。“我还有我”，这多么值得欣慰。只要我还在，再多的不幸，我都可以把它们转换成幸福。

血糖高的人适合吃苦一点的东西，妻子便总是想尽办法给我弄些苦味。早上做了苦瓜煎蛋，苦瓜和蛋纠缠在一起，让你无法把苦味挑出去，不小心就吃了一片，皱着眉头咽下去。竟也没有想象中的那么苦，并且，沥去了那些苦之后，有一股清香在口腔里回旋。

人生何不如此？任何苦楚，只要你敢于咽下第一口，那苦也便不苦了。

就如同此刻，我抱着一根苦瓜，如同奉着菩萨。我无比虔诚，喃喃念出心底的佛语——甜即是苦，苦即是甜。

生活的勇者，便是不停地在苦的心里，长出崭新的莲子。

与其对着苦皱眉，不如将它揉碎，掺进烈酒，三杯不醉。

最孤独的话

白鹤林写过一首诗叫《孤独》：

从童年起

我便独自一人

照顾着

历代的星辰

这是一首很美的诗，美得让人心碎，我一遍遍地抄写，希望可以借此减轻自己的孤独。然而事与愿违，我抄写的次数越多，我的心，越是碎得不成样子。蛐蛐咬住了月光的一角，从月光的伤口里，淌出几粒散碎的银子。提醒我，去年的白衬衫，还在洗衣机里昏睡。

你向我描述着此刻的小镇，几辆车，什么颜色，以什么样的速度在你窗前驶过，甚至，电线杆上落了几只鸟，你也如数报给了我。

你想给我一种安全感，可同时，也泄露了你的孤独。

你说：云在天上的时候，还可以望一望。一旦落在人间，化成了雨，就再也不属于望云的人了。

把自己送到最偏远的地方，自己爱着自己。

当我从海底游过，叫不出名字的鱼，从身边游过；当我从草原上跑过，我看到，叫不出名字的花，在身边开放。

抬头，看见了行走的云；低头，看见了脚下的路。

我望着那片草原。狼吃了羊。羊吃了草原。草原吃了月亮。月亮吃了我。

可是，我依然会为这一切献上我的祝福——愿天空大雁成群，没有一只掉队的；愿草原百花齐放，一朵凋零，另一朵就顶替上去。

我们总是喜欢去一些景区拍照，照片里，除了自己，总是还有很多陌生人。

我们总是这样啊，常常会和一些互不相干的人，走在相同的景物里。

天空该减减肥了，随处裸露着白花花的小肚腩。即便如此，假如神给我装了一双翅膀，我也不会飞到天上去，我怕把天空弄脏了。

你的深夜里，有比深井更深的眼睛；你的眼睛里，有比细雪还细的寒冷。

你在我心里，不算意外。就像雪下在雨中，也同样不算。

如果不能像猫一样，偎在你的膝头，就让我做一滴水，在你的掌心，慢慢蒸发。

和自己道声晚安，却一夜无眠。

无法入睡的事物，你触碰不到它们内心的安宁。

有着芦苇一样纤细的腿的鹤，多么惹人嫉妒，凭什么它们单单靠一条腿就能安然入睡？

无辜的灯，又替我坚强地亮了一夜。直到听见隔壁婴儿的啼哭，我才睡下。确定了生命的蓬勃，我才肯安下心来。

你不可以在我的梦境里散去，哪怕你是重重雾霾，我也会义无反顾，一头扎进去。梦，是另一扇极其重要的门，通过它，会缩短与现实的距离。所以，早晨，我不愿意刮胡子，因为不舍得刮掉昨夜有你的梦。

时光，请你快一点儿攒够赎金，不然，我担心被这个叫孤独的绑匪撕票。

我见过一幅漫画，看到一个男人粉刷墙壁的时候，把自己逝去的女人逼真地画在墙上，假装自己不是一个人。爱人翻过身去，睡在她自己的秘密里。她望向别处，他望向她。

他对着墙壁喃喃低语——抱抱我，假装你很爱我。

狄金森说：我想你了，可是我不能和你说，就像那喜马拉雅山顶，永远不会有万家灯火。

我想，是我的夜晚到了，请不要打扰我的思念上路。

我想，我终生都敞开着一只大口袋，那是对于爱、温暖和忠诚的渴念。

我坐着，坐在我的 85 公斤里，坐在你离开后吃过的榴梿的味道里。

那个院子里的人越来越多，狗都累得不叫了。我等了一天，也没有一个人过来，向我借把椅子。

还好，还好。我是一个有影子的人啊！

我想去的地方，是离你很近，又不能让你看见我的角落。我会带着我的孤独，它是我的影子，我逃它追，彼此缠绕。

我活着的全部意义，在于你的偶尔想起，在于你的刹那默念。

那个年近百岁的老人又一次从我窗口经过，我感到了时间的可怕。衰老是一件多么容易的事。此刻，我像一个饥肠辘辘的和尚，手里握着三粒豆子，不知道是煮了好还是炒了好。

月光时隐时现，拂过山岗，我看到起伏的美，也看到黯淡下去的忧伤。谁能告诉我，残缺的月，与圆满的月，哪一个看上去更孤独？

原谅我，在暗夜里跳起了舞，我只是，在黑暗中认出了我自己。

我动了感情，所以，月亮凉了。

当我失去记忆的时候，我需要虚构一些往事，需要它们向上拉拽我。不然，我就会像一个底部装满石子的口袋，向悬崖的深处极速坠落。

我忘记了自己为了什么而离开，却清晰地知道，自己为了什么而归来。

我在生物钟里倒行逆施，种植并收割了一行行诗句。很多年前，我也是这样，整夜整夜地写诗，把一颗颗星星，都推给了黎明。

其实，我完全可以活得像一位智者，什么都知道又什么都不说，把该珍惜的舍弃，把该记住的忘记。

所以，我只管告诫你——

这个秋天，我只剩下一盆干净的水。你若来，别带太多的风尘。

第二章

星星亮着，就无法停止想念

灌木丛上会落下星星

生命中有太多的刺痛和悲伤，使得那些美好更为深重。你是否依然愿意相信那些美好，并且等？

我愿意。

我愿意，我相信，灌木丛上会落下星星，冬天，穷人的房檐上会铺满钻石。

我相信岁月，相信时针、分针和秒针，顺着同一个方向，分别如蜗牛、乌龟和梅花鹿的步子，追赶着看不见的美好。

我相信爱的存在，它温暖的是你日渐凋落的灵魂，也温暖着他人疑虑重重的眼神。

我愿意相信一个承诺，并且等。等待，使所有的冬天和生命温暖。

如果可以选择，身体的其余部分都可以老去，都可以被收割，唯有一颗心，请让我保持童真。我只想用这样的心，去贴紧世界，哪怕世界对我薄情，我亦不会寡义。世界广阔无边，但命运给予我的，是一条窄窄的小道。我不抱怨，容得下我的双脚即可，我一样可以漫步或者小跑。

这样，我会爱上一只鸟，死心塌地地爱上一只鸟。黑洞洞的枪口，通着地狱，我不怕；黑压压的暴风雪，会压垮森林，我不躲。我只想，在它的翅膀下安家，在它的瞳孔里，在它的喙里，睡下。一只鸟，从来都不会那么复杂，能飞多高就飞多高，它的歌声，不必穿过云霄，不必抵达殿堂。它不会翻你白眼，它不会泼你冷水，它不会钩心斗角，它不会落井下石。它不会伤害你，除非你是一只虫子，挑衅一般，从它眼皮底下大摇大摆地爬过。

这样，我会心无旁骛地坐在窗边，看漫天的乌云黑压压卷过来。捉到闪电的一刻，我闭上眼，但绝不捂上耳朵，我把随之而来的炸雷，当成是迎接我美好归来的礼炮。而之前的闪电，被我囚禁于内心的牢笼，那是独属于我自己的烟花。

这样，我会安安静静读完一首诗，听完一首曲子；拿一块最干净的手帕，擦拭所有花的叶子；会给蚂蚁搭一座过街天桥，让它们畅通无阻地搬运食物和光阴。

尽管通向美好的路，并非坦途，“匪患猖獗”，枝节横生。有人说现在的我没那么执着了，是件好事。我可以安然放下许多，一颗心好像也结了痂，看到一幕幕悲欢离合不再感叹唏嘘，不再为掉光了叶子的光秃秃的树杈而感到悲凉，不再为听到和看到各种天灾人祸而乍然心疼。练就了火眼金睛，一眼就能戳破煽情者戴的面具。也不在沿街乞讨者面前驻足不前，而是如风一般旋过，给那些可怜人的心头捎去一场不小的风暴。去火车站买票，一个抱着小孩的中年妇女满头大汗，想要插进排队的人群。孩子哭闹得厉害，排队的人置若罔闻。几次插队未果，中年女人略显尴尬，但我心里知道，该尴尬的不是她，而是我们。

一条毛毛虫，惹来一个女人的尖叫。毛毛虫就那么可怕吗？你可以穿着貂皮，戴着狐狸围脖，那么多死去的动物的毛茸茸皮毛穿在你身上，你就没有害怕过吗？

尽管如此，我依然相信，美好的列车，终会徐徐驶来。

你看，谁说交警只会开罚单，他们也会蹲下身，帮一个孩子把鞋带系上；你看，扫大街的阿姨，离老远就停下，等我们走远，再挥动扫把，她在扫去我们心上的尘灰；你看，一个西装革履的男人，帮一个骑三轮的老人推着车，我则牵着一个陌生孩子的手，走过马路。“朋友，你好！”我们擦身而过，互致问候。爱是可以产生对流的，善意是可以抱成团的。那个冬天，我们都不冷。

爱和信仰一样，相信，才能看得见。三叔家“二师兄”的爱，是尽量将自己吃得白白胖胖，以便年关它的主人能多得几斤鲜肉多换几锭银子；二婶家芦花鸡的爱，是挤对别的小母鸡多吃多占多下蛋；狗剩儿的爱，是为了给祖母弄一副上好的棺木而将他老爸的绵羊皮袄偷偷卖掉；老妻的爱，是每日里不厌其烦地为她的男人炮制一顿可口饭菜外加一壶老酒；老夫的爱，是从不忘记对老妻的饭点赞……

能说出来的都不够美好，言语是情绪，有风波才会大声。真正的美好，都是无言的，像睡眠。我看着过去，也是无言的，像睡着了的过去。

那么，为了美好，此刻，请让我暂且闭上嘴巴。我去看望我的灌木丛，看看上面是否落下了星星！

那一团瑟瑟发抖的暖

有人说，这辈子在你身边陪伴过你的任何事物，哪怕是一只小狗小猫，哪怕是一盆花，也证明它们和你是有缘分的，说不定，在前世，它们就是你最爱的人。

是的，我珍惜身边陪伴着我的每一样小东西，它们是暖的，尽管那暖很微弱。

一个下雨的夜里，一只流浪猫贴着我的窗子，可怜兮兮地望着我，它在寻求一丝温暖。我打开窗子放它进来，它的身上发出腥臊的气味，很是难闻，我给它好好洗了个澡，才使它得以焕发了最本真的活力。

猫从我的后背开始向上攀爬，一直爬到我的肩头，然后安安静静地贴在我的耳边，一动不动。仿佛纯天然的毛围脖。我想，这肯定是一只太缺少关爱的猫，它用这样暖昧的讨好方式让我留下它，我又怎么忍心将它赶出去呢？

第二天，在仓库里，我竟然看到它捕捉到了一只很大的老鼠。我想，它那弱小的身躯，在捕抓那个强壮的老鼠时，肯定费了很大的力气，它的皮毛被老鼠咬掉了好几撮，看上去有些疲惫不堪。它一边不停地舔舐着皮毛，一边“喵喵”地向我叫着，似乎在向我炫耀着自己的本事。这种不自量力，我猜想它肯定不完全是在逞强，它一定是在报恩吧。它或许只是想为我做点儿什么。

大概是因为猫有九条命吧，它记得住太多前世今生的故事。所以，猫的眼睛，总是比别的动物要深邃，仿佛藏着深不见底的秘密，又仿佛对一切都了然，智者般洞若观火。

它最终还是与我不告而别了，或许是找到了以前的主人，或许是发生了什么意外，都不得而知。我只记得，它第一天来的那一晚，就睡在我的被窝里，脚底下，盘着一团瑟瑟发抖的暖，仿佛一个抽泣着撒娇的小孩。

我暖着它，它又何尝不是在暖着我。

很多年前，我在粮库做工的时候，捡回来一只吃了老鼠药的奄奄一息的鸽子。它瑟瑟发抖，在我的怀里，用哀伤的眼神看着我。我给它不停地灌水，或许是老鼠药被雨淋得失去了药效，它竟然奇迹般地被我救活了。

在我的屋檐上，它重新抖擞起精神来。我喜欢把粮食放在手掌上喂它，它轻轻地啄，似乎怕啄疼我，吃饱了，就飞到我的肩膀上，在我耳边“咕咕”地叫着。我听不懂它说什么，但我知道，那肯定是一些好听的话。纯白的鸽子，像一团雪，让我时不时地担心它会被阳光融化掉。

它不但没有融化掉，而且还断断续续地引回来一大群野鸽子，我的屋檐从来没有这般生机盎然过。

倒是我，被这一团团、一簇簇的暖给融化了。一颗心，再不愿去追名逐利，变得柔软，变得慵懒，只想安安静静地享受阳光，享受风。

妻子从垃圾箱里捡回来的一棵鸭掌木，活了一个月之后，终于衰零。我感动于它临终前的这一次“回光返照”，它努力地让自己短时间内枝繁叶茂起来，这也是为了感恩吧，我愿意这样去揣测一棵树的心。

妻子刚把它拿回来的时候，就是一根光秃秃的棍儿，那一层老皮，仿佛皴裂的老人的手臂。我开玩笑说：“这是谁家老头儿的拐杖吧！”

妻子却执意说它还有生命："你看这树根儿，还有很多须子在呢，那证明它还活着。"

我仔细看过去，的确，很多细小的根须，如同不忍离别的触手，紧紧攀附着那生命的主体。

妻子细心地把它移植到一个大花盆里，精心照料，它竟然真的"起死回生"了！几乎是一天一个小巴掌，慢慢地，那干巴巴的树身上就有无数个小巴掌在"鼓掌"了，似乎在欢庆自己复苏的生命。

我想，万物都是有灵的吧。这棵老木，垂垂朽矣，可是，竟然使劲儿地将自己抽巴巴的身体，再焕发出一次青春来。那是对我们善念的回报啊！

那颤巍巍地冒出来的几丝柔绿，仿佛一团瑟瑟发抖的暖。借着那微弱的一团暖意，多冷的冬天我都不再畏惧。

月亮是妈妈的枕头

拗不过一个老师朋友的再三请求，我这个“知名作家”只好临时客串，给她的学生们上了一堂作文课。为了激发孩子的想象力，我做了三张卡片，上面分别写着：落叶、微风和弯月，我想让孩子们用尽可能多的词语来比喻它们。卡片在孩子们手中快乐地传递着，仿佛在传递一个快乐的消息。他们浮想联翩，各种各样的比喻层出不穷，卡片上密密麻麻地写满了孩子们天真的想象。

我拿着那充满童稚的卡片，一张张读下去。“落叶是秋天的信笺”“落叶是冬天的请柬”“微风是我在夏日午睡时，外婆手中轻轻摇动的扇子”“弯月是被嘴馋的天狗咬了一大口的月饼”……每每读到这些精彩的句子时，我都会让写下这个句子的那个孩子站起来，顺便夸赞他几句，满足一下孩子们小小的虚荣心。孩子们活跃极了，对那些写出了精彩句子的同学给予长时间的掌声。这堂作文课既生动又活泼，比我预想中的效果要好。在旁边听课的朋友也偷偷为我竖起拇指，对这堂作文课很满意。读到最后，我的眼睛一亮，被一个更为新颖的比喻吸引了："弯月是妈妈的枕头。"虽然新颖，但我认为这个比喻句不大贴切，为什么单单是妈妈呢？我这样问的时候，那个叫陈露的小女孩站起来，涨红了脸说："妈妈累的时候可以枕着它好好睡上一觉。"我说："不如改作'弯月是上帝的枕头'，因为上帝在天上，离那个枕头更近些，呵呵。"我和她开着玩笑。她没表示赞同也没表示反对，依旧涨红着脸，好像是要为自己辩解，却欲言又止。我便借题发挥，让同学们来评断这两个句子，哪一个比喻得更贴切一些。同学们立时乱作一团，叽叽喳喳地开始评判，或许是孩子们慑于老师的权威，最后一致认定"上帝的枕头"更为贴切。

"那枕头是妈妈的。"这是我听到陈露声若蚊蝇的唯一的一句辩驳，在孩子们的喧嚣里，显得有些纤弱无力。

下课后，朋友对我说："陈露的那个比喻句是有根据的，因为她的妈妈就在天上。从她一出生下来，她的妈妈就去世了。"我无比惊讶。"那你为什么不早点提醒我？"我埋怨着朋友。

"可是陈露不想让同学们知道她是一个没有妈妈的孩子。"朋友说，"上学第一天她就偷偷和我拉钩，让我为她保守秘密。现在，还整天和同学们炫耀自己的妈妈是世界上最漂亮的妈妈呢。"

我懊悔不已。我犯了一个多么大的错误啊！“弯弯的月亮是妈妈的枕头”，回头想想，这个比喻句是多么贴切！妈妈在天堂里，不是正好可以枕着那轮弯月吗？那枕头是妈妈的。我的耳边一直回荡着她为自己辩驳的话。这里面裹着一颗多么执着的爱着妈妈的心啊。我仿佛看见，她正捧着妈妈的照片，委屈地掉着眼泪。她想给妈妈一个温暖的枕头，却被我无情地夺走了。我给孩子那颗固执又柔软的心，泼了冷水，造成了怎样的伤害。

“明天让我再给孩子们上一节作文课吧。”这一次，变成了我请求朋友，“我要给孩子们好好讲讲月亮，这个枕头本就该是妈妈的。上帝，请先靠边站。”

星星亮着，就无法停止想念

有一次生病住院，在医院看到了一幕令人心酸的场景：

一个年轻的母亲身患绝症，而且治疗效果很不好，情绪非常低落，常常一个人独自哭泣。可是，每当丈夫和女儿来看她时，她又必须打起精神强颜欢笑。

一天，丈夫和女儿来医院看她，小女儿依偎着爸爸，满脸茫然。病房内一片沉默，空气似乎也凝固住了。

她招手让小女儿过来，靠到自己的怀里。

“你现在靠在妈妈的怀里，能感觉到妈妈爱你吗？”她问。女儿抬起头看看妈妈的脸，使劲儿点头。

“你如果没来病房，在家里的时候，你感觉得到妈妈的爱吗？”她又问。女儿坐到了妈妈的膝盖上，再点头。

“你要是到学校去上学，不在妈妈的身边，你还会觉得妈妈疼你吗？”她再问。女儿靠在了妈妈身上，还是点头。

年轻的母亲定睛看着小女儿：“所以乖女儿，你要知道，不管妈妈在哪里，哪怕是天堂，我的爱永远都在！”

我看到她忍不住小声抽泣起来，紧紧地搂着女儿，女儿则坚强地不哭，大概是想让伤心欲绝的妈妈放心，两只细细的小手紧紧地抱着妈妈。

病房内除了母亲的哭声，一切归于沉默。良久，她抬起女儿的小脸蛋，定睛瞧着。俩人眼睛对眼睛，鼻子靠鼻子，互相要把对方印进心田里。

那种凝望让我永生难忘，那是一种穿越生死的凝望。在那一瞬间里，母亲把女儿的一生都捋顺了一遍，女儿则把母亲的这一刻变成永恒，两颗心紧紧凝聚在一起，任何东西都无法将她们扯开，包括死亡。

“妈妈到了天堂之后给你写信，好吗？”她说。

小女儿没有哭，只是抿着嘴，咬着唇，点点头说：“我也要给妈妈写信。”

“好，我们拉钩！”她和小女儿的手指勾到了一起，许下了生离死别的一诺。

从那以后，我看到她仿佛变了个人一样，不再那样静静地等待死亡。她偷偷地写信，女儿 6 岁了，她要写 12 封信，每个生日时让丈夫交给孩子，一直到孩子长大成人；她录制磁带，里面全是无尽的叮咛和不舍；她主动和我们聊天，聊她可爱的女儿，如何如何讨人喜欢……她变得不再那样悲伤，她正试着如何直面死亡，如何与家人告别。

“死也没啥。”她和我们说，“虽然自己马上要走了，但我的爱却能永远陪伴着女儿。我知足了，因为我的爱在女儿那里得到了永存。”

她给我看了她写给女儿的信，我的眼睛被泪水模糊，却永远记住了其中的一句话:“宝贝,妈妈会常常到你梦里来,别忘了给妈妈开门！”

前几天，被英国一个裁缝师感动了。

她叫 Mary Macinnes，专门做玩具熊。她手下的熊，每一个都不一样。很多熊的配色有些怪怪的，那是因为，每个熊都代表着某人已逝的挚爱。

人们把已经去世的亲人生前最喜欢的衣服交给她。她剪下这些衣服的布料，将它们拼凑成一个个小熊。有些小熊的背上还有一个专门的口袋，可以用来装信，或是其他带有回忆的物品。还有些小熊身上会绣上几个字。比如：“爸爸，我的英雄”；比如：“妈妈，我爱你”；比如：“星星亮着，就无法停止想念”；比如：“亲爱的，今晚让我抱着你”……

它们是熊，也是无言的陪伴。

一名中年男子恳求她为他的两个女儿加急做两个小熊，并且给了她 10 磅的邮费，希望她能赶在圣诞节前把小熊寄给他的女儿。

起初她不知道他为什么这么着急。后来才知道，男子已是癌症晚期，大概挨不到圣诞节了。他希望在那个没有爸爸的圣诞节中，用自己衣服做的小熊可以陪伴他的两个女儿。

也许那些衣服会让人联想到斯人已逝的遗憾，但小熊，却像是从他们衣服中诞生的新生命。

这个世界总是有许多无能为力的事，回不去的过去，无法预计的未来，以及那些再也见不到的人。这样的一个小熊，是最后的慰藉，给绝望的人们一丝喘气的机会。

人世间的悲痛，呼啸而至，我们总是躲闪不及，也无力回避。但是，我相信，有一种爱，永世轮回，死亡从来都不是它的终点。

阳台是天堂的隔壁

我有一个叫皖心的南方学生，一个爱花的女子，她的阳台上铺满养眼的绿植。每一朵花开都会引起她的惊叫，她用手机拍下它们，用文字描述它们，美好而愉悦。某一个早晨，她说："我这里大雨过后，坐在阳台的摇椅上遥望远山晨雾，楼下的白玉兰像刚刚出浴的少女，清新脱俗！这就是我的星空。"

另一个早晨，她写道："今天，太阳花开一朵，辣椒鼓起了小花苞，草莓又胖了些，长寿花开满一盆，小橘苗又长出两片油亮的叶子，碗莲终于擎着小绿伞伸出盆口，三角梅蓬勃生长的姿势和楼下翠绿翠绿的樱树有一比。房间里的音乐也没能压住对面公园里的啾啾鸟鸣，想起地球上那些发生战乱的国家，想到那些被炮火惊扰的人，我想，我的花儿，也是幸福的。"

我看到了她在阳台上，以曼妙的姿态活着。

可是，有一天，她忽然就销声匿迹了，作业不见她写，给她留言也不回。一直表现活跃的她不再参与讨论，朋友圈许久不见更新。辗转从别人那里获知，她的丈夫得了很重的病，需要她全心全意地看顾。生命中猝不及防的意外，让一个活泼开朗的人变得忧郁寡言，瞬间枯萎下去。

她的阳台，也会随之暗淡吗？

和她一样，我的妻子也喜欢把绿植都放到阳台上，阳台是楼房的额头，触碰着这个尘世最早的阳光、月色和风。我把摇椅搬到阳台上，我呼吸花香，看着鸟儿就落在我的眼眉上方。我想，我和我的摇椅，也都是幸福的吧。

亲爱的，每当我说爱你的时候，我都喜欢到阳台上来。我环抱你，在那些正在开放的花朵前面。我在阳光下爱你，这多么美好，全世界的冰都消失不见了。就像阳台上的摇椅，经了一夜的寒凉，此刻，在阳光的抚慰里，渐渐暖了过来。

我的阳台很小，小到仿佛自己变成了一颗心脏，感应着发生在这里的事。

有几个鞋盒子，装着几双不穿的鞋。如今这个年代，我们很少会再去见证一只鞋子的衰老。它还年轻，只是因为式样过时了，便被我们抛弃。有一棵上好的白菜，放一天没什么变化，放两天也没什么变化，但从哪一天开始变化的，无从知晓。总之，某一天再看它，已经萎缩得如同一个病人。然后的某一天，想扔掉它的时候，又发现，它最中间的芯，竟又发了新芽。更多的人，把阳台当作储物间，在他们看来，阳台是房子里最不起眼的地方，而在我看来，即便你美如貂蝉，圣如孔子，也总要出恭，所以，厕所并不比闺阁和书房低贱。那么同样，阳台更是修心养性之所。

妻有两个从小一起长大的好姐妹，娟和霞，她们三个都喜欢在我家阳台上谈心聊天。我喜欢把她们比喻成宋氏三姐妹，妻像霭龄，娟像庆龄，霞像美龄。妻和霞有时候会因为一个玩具而争吵，娟就会中间调停，使得姐妹都开心起来。从小到大，一直如此。此刻，三个女人落在阳台上，像三只小鸟一字排开，梳理着羽毛，晾晒着各自生活里的欢喜与悲凉。

阳台没有秘密，那是所有秘密公之于众的地方。阳台没有阴谋，在阳光下，所有龃龉都无所遁形。

那里也是猫的居所。它的夜晚和白天，迥然有别。夜里，它嘤嘤哭泣，令人厌恶；白天，它慵懒缱绻，又令人爱怜。

还有一只神秘的鸽子，它偶尔会来，然后又一连好多天不见踪影，如隐者避世。但每一次出现，都带着一大捧光。

我在阳台上看远方的云朵，不停地落了又走，走了又落。看近处的修锁小摊前，挂着一排钥匙，风吹过，钥匙们叮当作响，像一串风铃。那个画面如同一首诗。我被锁在一首诗里，哪一把钥匙，可以打开我呢？

阳台是天堂的隔壁。天堂虽好，但我更愿意住在天堂的隔壁。因为，天堂也有失火时，隔岸观火，顺便数一数天堂里跑出来多少天使，又有多少女巫混迹其中。

我通过我的文字，告诉那些悲伤的人，疼痛的时候，你要有勇气走上阳台，让阳光去缝合你的伤口。我希望给予世人的祝福是，愿你拥有你的阳台，这天堂的隔壁，比天堂更令人心生美好。

忽然有一天，我再次收到了皖心的作业。她不再避讳自己的悲伤，她说她不想做被太阳抛弃的孩子，她要把这些悲伤拿到阳台上去晒一晒。这多么令人欢欣鼓舞！她又一次发给我阳台上那些绿植的照片，依然配着温暖的文字。她终于像一朵被苦难点化的花一样，披着阳光归来。

不凋零的美

医院的住院部是个和外界不搭界的地方。这里干净，散发着白色的气味，白色帘子把阳光都遮住，下午，人们睡思昏沉。

父亲做前列腺手术，我陪护，跟着病人们一起昏昏欲睡。邻床是个形容枯槁的中老年女性，陪同的是个年轻男子，我开始猜是她儿子，后来才惊讶地得知他们是夫妻。她只有 34 岁，得了严重的红斑狼疮，头发掉了很多，剪得很短，黄黄的脸上有不均匀的红斑。她丈夫似乎担心她看到自己的样子，总是尽力让她躲着有镜子的地方。可是有一天，不知是谁掉落了一个小镜子在她的病床上，让她不小心照到了自己。我听到她惊叫着“天哪！”。声音里满是惊恐和厌恶。

她丈夫长得帅气。而她大眼睛，小尖脸，没得病之前，脸色红润之时，也该是个美女。从前，一定是漂亮得让人艳羡的一对。

那一日，她一言不发，怔怔望着窗外。

没几天她就出院了，她丈夫偷偷告诉我们，她可能熬不过去了。她是一个话剧演员，因为她丧失了她的美丽，所以便觉得活着已毫无意义。

我在想，如果她就此沉沦，那么她的美丽里面，是不是缺了一勺坚强的盐呢？就像黛玉，弱不禁风的美只会博得人的怜悯和叹息。而扮演了林黛玉的陈晓旭，一生都心心念念着这个角色，走不出来。乳房出了毛病，却拒绝手术，她不敢让自己变得不完整，也不允许“黛玉”不完整。所以，她选择皈依佛门，最后死于乳腺癌。

我的一位女友也有过类似的经历，在一次检查中，发现乳房有肿块，医生初步断定是良性肿瘤，希望她尽快做手术。她害怕，倒不是担心别的，她只担心自己的乳房会被切掉一部分，她是个爱美的人，怕自己不完整。

“我怕自己碎掉。”

“碎，不是凋零。”

我对她说：“每个人都在通向完整的路上，尽管最后没有获得完整，反而失去了更多，但路上的脚步从不停歇。就像花落了，但芳香可以继续萦绕的啊。”

这些人让我想起那些轻生的诗人，叶赛宁、顾城、海子……他们写出了一句句拧得出眼泪来的诗，但这些披着月光的诗人，一个个走向了自我毁灭的路。他们的生命就像他们的诗句一样，都是美的，却唯独少了一点盐，他们的生命太过柔软和脆弱。

张曼玉说:“人不是一定要美，而是要有意思，做人做事有意思。光是美是没用的，美要加上滋味，加上开心，加上别的东西，才是美满的人生。”这一点上，我们还应该学学妮可·基德曼，当曾经那么相爱的人与之分手，心灵遭遇闪电般的击打之后，能够及时整理好疼痛的心，穿着漂亮的高跟鞋再次踏上长长的红地毯，并向那个抛弃了她的前夫，以及全世界露出一个无限轻盈的微笑，此时的她已然是人们心中无可替代的女王。而更加富有意味的是，妮可在获得奥斯卡奖的影片《时时刻刻》中扮演的作家伍尔夫最后投河自尽，而她自己却截然相反地，向日葵一般生长在人生的大地上——她是懂得为自己的美丽“补钙”的女人。

都说“秀色可餐”，如果美丽真的可以当作一道美味的话，那么，缺了盐，该是多么索然无味。身体可以残缺，心却不能凋零。美，也需要注入钙质，否则它是多么不堪一击。

春天的魔法师

他是一个酒鬼，人人都像躲避瘟神一样躲着他。越是躲他，他就越是讨人嫌，不是敲敲你家的门，就是拍拍他家的门，再猛吼几嗓子，搅得人家鸡犬不宁。

他在人们鄙夷的神色里缩着身子，苟延残喘地过活。

他是生活中的不幸者，妻子出车祸，孩子得了重病，双双离他而去，他每日里只能借酒消愁，每一次都酩酊大醉，恍如隔世。他清醒的时候很少，或许他最怕的就是清醒，回忆要漫上来的时候，他就用烈性的酒把它们压下去。

他怕回忆，因为他的回忆里都是鲜红的血泪。

曾经，他是一个酒吧的歌手，充满激情地歌唱生活，歌唱爱情，歌唱所有打开窗子后扑面而来的事物。然而，自从悲剧发生之后，他的屋子里再没有了歌声。曾经被他视为生命的嗓子，他也不再去爱护，那些烈性的酒烫伤了他所有附着音乐的神经。

他的心底，早已没有了歌。

没有人和他说话，所有人都躲着他，包括满巷子奔跑的孩子。大人们告诫说，小心他要酒疯，会打人的。孩子们便都很怕他。

他寡言少语。他的院子死气沉沉。他和我同龄，但看上去像我的长辈。

春暖花开的一天，小外甥的皮球掉进了他的院子里，不敢去拿，平日里从不和他说话的小外甥没有办法，爹着头皮冲他的屋子喊道："爷爷，爷爷。"他半醉半醒地从屋子里探出头来，不大相信有人叫他。使劲揉了揉眼睛，确认了小外甥在叫他爷爷时，满脸堆笑，问小外甥有什么事情。小外甥说："爷爷你帮我把球捡回来好吗？"他乐颠颠地跑过去把球捡回来，竟然隔着栅栏在小外甥头顶做了一个灌篮的动作，还滑稽地冲小外甥做了个鬼脸。"谢谢爷爷！"小外甥接过皮球，对他说，"他们都说你可怕，可我看你一点都不吓人。"然后快乐地跑开了。

他在那里怔怔地呆立了很久，忽然抬头看了看太阳，太阳很暖，他却打了个冷战。

他把自己沉在谷底太久了，一直都冷。

他再一次抬头看了看太阳，太阳很刺眼，但他没有躲避，他忽然想用阳光来取取暖。

他一点都不吓人。小外甥奔跑在那个春天里，到处为他辟谣。渐渐地，到他院子里来玩的孩子越来越多。小外甥领着伙伴们常常一边玩耍一边帮他打扫卫生。当然，他院子里最多的垃圾是酒瓶子。

他在院子里做了个很简陋的篮球架子，他就坐在门口看着孩子们在那里玩着投篮的游戏，不自觉地，他轻轻哼起了歌谣。很久没有唱歌了，那些音符怯生生地从他的嗓子里蹦跳出来，虽然有些沙哑，旋律却依然很美。

这突如其来的变化让邻居们都很吃惊，更让人吃惊的是，他竟然处理了所有的酒瓶，他说他要戒酒，他要保养嗓子，他要重新去唱歌。于是，每个清晨，每个黄昏，都能听到他动听的歌声，虽然也有哀怨，但音乐的光环笼罩着他，那些快乐的音符在慢慢分解他的忧伤。

在那个简陋的篮球架下，他为孩子们举办了一次小小的个人演唱会。他不停地唱着，孩子们不停地为他伴舞，为他鼓掌。邻居们也过来凑热闹，他的院子热闹极了，门庭若市，莺歌燕舞。那天，他刮了胡子，穿上了漂亮的演出服，清清爽爽的一个人，他真的还很年轻。小外甥有些不大相信自己的眼睛，这还是那个爱耍酒疯的爷爷吗？

“当然不是，”我点着他的头说，“你应该叫他叔叔。”

“可是他怎么一下子变年轻了呢？”小外甥不依不饶地问。

“因为有魔法师啊。”我笑。

“哪一个是魔法师？”

春天、爱、阳光和歌声，所有一切滋润心灵的事物。当然还有你，我可爱的孩子。

和生命拉钩

那时我在医院做阑尾炎手术，5 岁的女儿像个小大人似的跑前跑后地照顾我，让疼痛在不知不觉间渐渐远离了我。她就像一个小小的太阳，走到哪里，就在哪里点燃一个春天，那里就会春意盎然，鸟语花香。女儿的乖巧使得病房里的每个人都很喜欢她，尤其是邻床的一个老太太，她看来是个重病患者，行动很不方便，连说话都是很吃力的样子。可是，每当看到我的女儿的时候，她的一双眼睛便闪着光亮，跟着我女儿的身影不停地转动。

女儿也喜欢她，偷偷跟我说她像她死去的奶奶。她常常爬到老人的床上去，缠着她讲故事。老人的故事很好听，就连我们这些大人有时候都会听得入神。但是很显然，她很累，每讲完一个故事，额头上都会沁出一颗颗豆大的汗珠来。每隔一会儿，她还会把女儿叫过去，接着给她讲故事，她知道这是她唯一可以让孩子坐到她床边的办法。在讲过第五个故事之后，她咯血了。护士一边批评她一边给她按摩，她憨憨地笑着说：“俺只想跟孩子多说会儿话。”

医生说她的病情非常严重，现在就是靠药物来维持着。当初是一个好心人救了她，把她送到医院来的，她靠拾荒为生，一个亲人都没有，拿不出钱来治病。医院已经为她垫付了 2000 多元了，并且召开了紧急会议，就是否继续为老人提供无偿治疗展开讨论。最后，大多数人都认为那是一个“无底洞”，而医院毕竟不是慈善机构，都同意给老人停药。

停药就意味着宣判了她的死刑。在拔掉那些针管之前，几个善良的医生凑钱给她买了新衣服。在给她穿上新衣服的时候，护士们低声和我们说，或许那是她的最后一个夜晚了。

她也意识到属于自己的时间已经不多了，她和护士说出了她的心愿。

谁都没有想到，她最后的心愿竟然是想搂搂我的女儿。连她自己都觉得这个要求是那样“过分”，谁愿意和一个将死的人躺在一个被窝啊！当医生向我们转达她的愿望的时候，我们甚至没有思考就一口回绝了。女儿不明就里，大声嚷嚷着要去，原因是可以听奶奶讲很多很多好听的故事。我完全可以理解一个没有亲人的老人将死的时候的那种孤寂，那是比死亡更可怕的黑暗，可是我不能，也不敢让女儿在那么小的年纪就那么近距离地懂得死亡的含义。我叫家人把孩子领回家，孩子噘着嘴，很不情愿地跟着家人离开了。忽然，她像丢了什么东西似的又跑了回来。她来到老人床边，在老人耳边小声嘀咕着什么，还神秘兮兮地把手伸进老人的被窝里。我们看到，老人微笑着向她点了点头，仿佛她们之间已经达成了某种默契。

小小的太阳走掉了，病房里顿时变成了萧瑟的秋天，处处弥散着衰败和哀伤的味道。

那个夜里，我很难入睡。我在想自己是不是太自私了，一个孤苦无依的老人，在她生命的最后，想得到哪怕是片刻的亲情。而我没有给她，我掐灭了她生命里最后一丝火苗。想到这里，我不禁有些愧疚起来，朝她那里望过去，借着月光，我看到老人的身子不停地抖动着，但没有一声痛苦的呻吟。我想她是在死亡的边缘挣扎着吧，却没有一个人，没有一双手可以帮帮她。那个夜晚很平静，没有因为死亡临近一个生命而感到惊惧，窗外的月光反而有些美丽，我不停地在想一个问题：女儿和老人偷偷地说了什么呢？

第二天早晨，护士来给老人把脉，发现老人的脉搏跳动正常，老人还活着，而且呼吸还比前些天顺畅了许多。

第三天，老人说她有饿的感觉了。她喝了我的家人为她熬的鸡汤。

接下来的几天里，老人一天比一天好了起来，让人不可思议的是，她能自己支撑着坐起来了。这在我们这个医学落后的城市，完全可以称得上是一个奇迹。

一周后，女儿来了，她给老人带来了一个毛茸茸的布娃娃。她说那个布娃娃就是她，让奶奶晚上搂着睡觉，就和搂着她一样。老人的眼睛又开始闪着光亮，跟着她的身影不停地转动。

女儿忽然“严肃”了起来，她握住老人的手，当着所有人的面，对我说：“爸爸，我又有奶奶了，我想让奶奶回家去住。”

我被这突如其来的“郑重决定”弄了个措手不及。女儿说她离开医院的那天，跟老人许下了一个诺言，她让老人等着她再来。她要给她一个大布娃娃，还要认她做奶奶。“说话就要算数，我们还拉钩了呢。”女儿怕我不同意，强调说，“拉钩，上吊，一百年不许变……”

我使劲地点了点头，眼里含满泪水。为老人，也为我的女儿。那一刻，我感到小小的女儿是那样伟大，她让我们这些大人感到汗颜，无地自容。

院长听说了女儿和老人拉钩的故事之后，又一次召开了紧急会议，决定尽全力医治老人的病。“就算是为了一个孩子纯真的心愿。”那是院长在会议上说的最后一句话。

这个世界上每天都有奇迹发生，但我亲身经历的这个奇迹，更加让我刻骨铭心。它是由一个孩子和一个老人共同创造出来的。

老人出院，住到我们家来。女儿终于如愿以偿地睡到了老人的身边，她又缠着老人讲故事了。老人有些累，说明天给你讲两个，把今天的补上。“好，拉钩。”我又听到女儿说，“拉钩，上吊，一百年不许变。”

这个5岁的小小的太阳，将她的世界照耀得春意盎然，生机勃勃。

夜里的时候，我过来给她们盖被子，我看到那双嫩嫩的胖乎乎的小手和那双骨瘦如柴的苍老的手握在了一起，像一幅摄影作品，极尽和谐之美。像这个世界某个地方正在完成的某种仪式，向我暗示着一种生命的真谛：生命需要爱来传递。爱，会让生命生生不息。

优人一等的心

优人一等的心，是什么样子？

我家门前有一个剧院，常常会有一些二人转的演出。那欢快的曲调儿常常在傍晚时分响起，整个上半夜的时光就都跟着颠跟着颤了。那里的门票分三个等级，最低也要 30 元一张。但是，这丝毫没有阻碍来看二人转的人们，剧院里常常是人满为患。

邻居张大爷是个二人转迷，一辈子就好这一口儿，可是家里的经济条件不好，根本没有闲钱让他去剧院里过瘾。这位爷自有他的高招，傍晚时分背着自家的藤椅，往剧院门口的大喇叭旁一放，美美地躺进去，摇着扇子，在暖暖的风里摇头晃脑地听起来，那叫一个美啊！

剧院的人精明得很，并没有驱逐他，因为他那无比享受的神情，也算是给剧院做了免费的活广告。两下成全，相安无事，乐得其所。

时间长了，张大爷便成了剧院的门前一景。那轻轻摇着的扇子，定是在他的心间扇出了最惬意的风。

这便是优人一等的心。

剧作家沙叶新曾经有过一个鲜为人知的笔名“少十斤”，不细心的人不明就里，仔细看，原来他是将自己的名字劈成两半。沙叶新自己开玩笑说：“将‘沙叶新’砍去一半，也不过‘少十斤’，可见沙叶新无足轻重，一共才 20 斤。”

胃癌手术后，有记者采访他，他照例幽默不断：“因为癌症，我的胃被切除了四分之三，我也是‘无（胃）畏’的，你想听什么，随便问吧。”

这是一颗多么豁达而轻松的灵魂。把自己看得很轻，人才会松快。

沙叶新是出了名的“犟脾气”，向来都是不媚时、不附势，在任何环境下，都能做到不降志、不辱身、不赶时髦、不回避危险。有人评价沙叶新，说他是“不为权力写作的老戏骨”，他也确实是个秉承文人风骨的人，不做权力的吹鼓手，坚持自我思考、独立书写，绝不出卖灵魂。

这便是优人一等的心。

妻子喜欢捡垃圾，每次一家人出去吃饭回来，挺贵重的皮包里便都装着捡来的矿泉水瓶子。我觉得丢人，更让我不能理解和讨厌的是，女儿竟然也学她捡垃圾。楼下谁家丢的衣物也被妻子捡回来;缝补了破洞，洗净了污渍，导致阳台上总是堆得满满，像十足的垃圾场。我觉得妻子带坏女儿，让女儿小家子气，为此不止一次地和她争吵。直到后来我才知道，妻子每次卖了旧物都会带女儿去看望一个没钱读书的孩子，他是妻子和女儿一起在帮助的孤儿。我无比惭愧，妻子这样是带坏女儿吗？她这样，只会让女儿的心，一点一点更靠近阳光。

这便是优人一等的心。

毕淑敏说，优等的心，不必华丽，但必须坚固。

优人一等的心，不是你有多富贵，不是你有多霸气，而是照比那些庸常，多了一份优雅；照比那些喧噪，多了一份从容；照比那些冷麻，多了一份慈悲。

童年的药箱

子轩有一个小小的药箱，那是他从童年带过来的，里面藏着一个除了他自己，没有人知道的秘密。

9岁时的一天，他用一把小锤子敲了几下自己的手心，有点疼。他觉得很刺激很好玩，又多打了几下，大人们并没有斥责他，却也没有人过来疼惜他，都只是摸摸他的头，报之一笑：这孩子，多调皮。他心里忽然有点不愉快了，如果母亲在，一定会奔跑过来，把他的小手握在她温暖的手里，递到她的唇边，不停地呵着气。而自己却得意地笑着，因为一点都不疼，反倒被母亲弄得有点痒痒了。

他突发奇想，他想如果砸的是手背呢？劲再使得大一点，会不会很疼？会不会流出很多的血？那样就可以得到大人们的关爱了吧，也就可以不去上学，在家里可劲地玩积木盖房子了。

他为自己的想法激动不已，他在等待着某一天来实施他的计划。

他提前给自己做好了准备，给自己预备了一个小药箱，里面有止痛药和纱布，他想万一血流多了，人就会死掉的。所以自己要在流血的时候给自己包扎好，这可不是闹着玩的。

子轩的母亲在他 6 岁的时候因为一场大病撒手人寰，现在这个照顾他生活起居的女人是他的父亲给他找的继母。他的心思很重，仿佛把自己与世界隔绝开了。妈妈走了，他想再没有人来爱他了。

他从来没有叫过那个女人一声妈，而那个女人似乎也不在乎这些，每天只管埋头在厨房研究她的菜谱。她做的菜倒是蛮好吃的，而且一周保证每一天的菜式都不一样。她没有工作，就这样把自己喂得很肥。在子轩眼里，继母不过是自己嘴馋而已，一个典型的好吃懒做的女人。

可就是这个女人唯一值得称道的厨艺，近来也是大打折扣，不再像以前那么好吃了。

有一天，他无意间听到父亲在厨房里对着继母抱怨："最近的菜好像不大合口呢？"她压低了声音说："孩子正是长身体的时候，我得尽量为孩子搭配一点有营养的东西。"

他的心，在那一刻忽然就变得柔软起来，这个在他眼里好吃懒做的胖女人，原来一直是在关心自己的啊。尽管母亲不在了，但自己不是一样健健康康地活着吗？继母给自己织的毛衣、手套，每天准时准点的早餐晚餐，这井然有序的生活本身，就是对每个家庭成员的一种爱护。

继母有看天气预报的习惯，如果预报了哪天有雨，哪怕那个早上是晴朗的，子轩的书包里也肯定会被装进一把雨伞。北方是节气最明显的地方，在冬天，大寒和小寒的温度都不一样。继母每个冬天都会给子轩做两条棉裤，一条薄一些，一条厚一些。每天放学，她都会把子轩鞋子里的鞋垫掏出来扔到炕头上，再把鞋子拿到炉子边上烘烤；每天早上，帽子、围脖和手套，在她的监督下，没有一次忘记戴的，那些冷冽的天，子轩从来没有挨过冻。

人生就像滑梯一样，那些快乐的尖叫仿佛还没有完全散去，子轩就从童年滑了下来，并快步走上了另一座滑梯：少年。少年是喜欢看云的，每一片云都那么洁白，每一片云都像极了妈妈的脸。若干年后，他从这座滑梯上滑落下来，尽管有些不情愿，但还是被赶上了青年的滑梯。他的那个冒险计划一直没有来得及实施。他的生命完好无损，每一次滑落都没有受到一点点伤害，他忽然快乐地想，自己有什么理由不快乐呢？那温柔地呵护着他的继母的手，已牢牢地将他围在温暖的篱笆里，让他安然度过了他的每一天。

他就那样健康地走过来了，他永远用不到那个给自己准备的药箱。因为妈妈一直都没有逝去，只是换了一张面孔而已。

第三章

在人间行走要念的经

再美的音符也不要一直弹奏

她的日子，如同老式的算盘，洗衣、做饭、接送孩子，就那么几颗珠子，拨过来拨过去。

美兰一直重复着这样的日子。只因为她的丈夫说，有烟火气的女人是最优雅的。

她喜欢听他说那些温柔的话。他还说，她是世上最美妙的女子，他要把她捧在手心里一辈子。

可是美兰的丈夫是个口是心非的男人，体内有着太多的自私与抵挡不住的兽性。心里的野兽只要轻蔑地瞟他一眼，他就会拜倒在它的脚下。喷涌的欲望与激情像饥渴的吸血鬼一样吞噬着他的心，转眼他就爱上另一个女人，和新欢说着同样美妙的誓言。

美兰为人贤淑，却有些笨拙。丈夫说喜欢吃鸡蛋炒韭菜，她就天天给做这道菜，一直吃了半月有余，直到丈夫有了怨言。

这不是丈夫另寻新欢的理由，但多少也有一点牵连。

新欢找上门来和美兰摊牌，说自己有了身孕，逼她和丈夫离婚。美兰思想斗争了整整三天三夜，决定放手。

使她做出这个决定的，是书里的一句话：“音符本身很好，可是只弹一个就变得可怕了。一个音符，总是一个音符，这会让你的耳朵磨出老茧来。”

这句话让她猛然醒悟：不能重复做一些无意义的事，风衣再好看也不能一直穿着。在只需穿着短裙和 T 恤的温度里，穿风衣只会让自己显得另类和滑稽。

美兰决定改变自己。她下定决心剪掉了长发，没想到感觉特别好。她想，若不去改变，就永远不知道自己的另一面竟然如此光彩照人。

美兰是我以前的同事，结婚后就辞职了，在家专心相夫教子。经历了这些年的波折，她重新回到我们中间，干劲满满，积极热情，年近四十的女人，看上去依然青春靓丽，动感十足。她努力生活的样子告诉我，你可以不住在面朝大海的屋子里，但你的内心一定要春暖花开。

有一天，美兰无意间遇到了那个导致她离婚的“新欢”，相比美兰的光彩照人，“新欢”显得狼狈不堪。“新欢”在惊讶之余，哭诉自己的不幸，原来前夫离开她很多年了。美兰微笑地看着眼前这个可悲可叹的人，仿佛这一切，从来都与自己没有半点关联。她想，再美的音符，如果一直弹奏就会变成恼人的噪音。她从前的日子是这样，前夫的誓言也是这样。

乔布斯说：“你的生命非常有限，所以，不要浪费在重复他人的生活上。”美兰想把这句话送给“新欢”，但她什么都没说。她微笑着转身离开，阳光泼洒在她重新长起来的头发上，熠熠生辉。

不完美的美

她是个完美主义者，一个不停旋转的陀螺。从基层业务员开始，用了8年时间，做到了公司的财务主管。这成功的背后，得益于她“拼命三郎”般的努力。她对自己的要求异常严苛，做什么都要做到最好，就这样一步步逼迫自己登上事业的巅峰。不仅如此，她对自己的家人也如同对待自己那样苛刻，导致丈夫忍受不了这种生活，与她离婚了。她请了两个保姆照顾她和孩子的日常起居，请了最好的家教辅导孩子功课，还给孩子报了钢琴班、舞蹈班、美术班……孩子跟着她，也成了停不下来的陀螺。终于有一天，孩子生病住院，在病床上，哭着对她说：“妈妈，能让我休息一会儿吗？我想搭积木，还想给芭比换一套衣服……”她终于开悟，孩子刚刚8岁，是一个爱玩儿的年纪，可她却早早地给孩子套上枷锁，让孩子的童年享受不到一点快乐。自己又何尝不是如此，追求完美，最后却落得不完美的下场。

她说，这么多年，似乎忘记了快乐是什么滋味，更别提去感受幸福的样子了。这一切，都是“完美”惹的祸——她掉进了完美主义的陷阱。

想起这样一个幽默故事，一个未婚的男人来到一家婚姻介绍所寻找伴侣。进了大门后，看见两扇小门：一扇写着“美丽的”，另一扇写着“不太美丽的”，男人毫不犹豫地推开了第一扇。进去之后，又看见两扇门：一扇写着“年轻的”，一扇写着“不太年轻的”，他还是选择了第一扇。进入里面，还是两扇门：“有钱的”和“不太有钱的”。他依旧选择第一扇门。就这样，男人在之后依次选择了“温柔聪慧的”“忠诚的”“勤劳的”“幽默的”等九扇门。

等到他推开最后一扇门时，上面写着：“对不起，由于您过于追求完美，这辈子没有符合您要求的，请下辈子再来吧。”

去朋友的鹿场，看到了数量众多的梅花鹿。头上顶着一对树枝般的角。腿，细长而有力，善于奔跑，尾巴短小，两只机灵的耳朵前后摆动。身上美丽的花纹像一朵朵梅花不小心印染在身上，美丽而炫目的外表，令人着迷。

多么完美的艺术品！我不禁在心里惊叹。但是，总觉得缺了些什么，不可否认，它们是完美的，像油画一般，或许这就是问题所在，如油画一般静美，唯独缺少了一点儿生气。就在此时，我发现了它—— 一只稍微有些跛脚的梅花鹿，它跳跃起来，就有了与众不同之感，因为跛脚的缘故，每次跳跃起来，顺带着身体就左右摇晃两下，这给了我一种更具美感的震撼。难度系数5.0的旋转跳跃，在半空中划过一道璀璨的身影，仿佛美丽的花纹都差一点被甩出去。

由于表现出色，女儿在幼儿园老师那里得到一本彩绘书作为奖励，小书很薄，名字是《风车之谷》。一个小故事，我读出很曼妙的味道，其中蕴含着一个哲理——完美并不能替代幸福。是的，完美不等同于幸福，真正的幸福，是追梦的过程，是你许下了愿望，并且为之而牵挂劳神，努力攀爬的过程。

我不喜欢读学究气十足的规规整整的诗，我喜欢读那些有点儿瑕疵但灵性飞扬的小句子，如同一只只不完美的飞蛾，扑着火，热烈而壮美。而精美的蝴蝶，由于太过完美总是显得消沉。

人生哪里有那么完满的事情，方便面一包不饱两包太撑，买鞋加一码偏大减一码偏小，开空调睡觉不盖被子冷盖了热……每个人都有权选择自己活着的姿态。何必在意绚烂地展开羽翼，还是优雅地抱紧臂膀；又何必在意沉溺于月色，还是向往于朝阳呢！

追求完美其实是另一种贪婪，在优雅的表面下，实则是丑陋的饕餮，正张着大嘴，张牙舞爪地吞噬着你的生活。

与其去追逐那够不到的完美的白云，不如蹲下来，闻一闻不完美的却芬芳四溢的花草。

父亲的格言

父亲一直教育我们做人要光明磊落，不要在别人背后指指点点。上中学的时候，我和班里的另一个同学竞争班长的职务，为了拉拢同学给我投票，我把一些同学请到家里，并说了我的竞争对手很多坏话。被父亲听到了，他当时说了一句话：“当你用食指对着别人背后指指点点时，你是否注意到你其他的三个手指正指着自己并且以三倍的力量在还击你！”

父亲喝茶有个习惯，总是先把茶叶放到阳光下，让阳光慢慢渗入。他不懂茶道，但这道程序他从不省略。父亲在上班前经常叮嘱母亲的话就是：“把我的茶叶放到阳光下晒晒。”晚上，父亲就会泡那些被阳光晒过的茶叶，读书，写点感悟人生的字句。对于这个嗜好，父亲的解释是：“喝了被阳光晒过的茶，感觉心里就有了阳光的味道。”

曾经随父亲去参加过一个远房亲戚的葬礼，所有人都对死者的家属说一些“节哀顺变”之类的安慰话。父亲却拍着逐渐壮实起来的后生说：“你要快点成长，早日扛起家里的重担。大树倒了，就是要给你们这些小树腾地方。”

下雪的时候，我用套子套住了一只鸟。我把它握在手中，如获至宝。父亲看到了，跟我打赌说他会让这黑色的鸟变成彩色的。我不信，就松开了双手。我看到，那只鸟在天空自由飞翔的时候，因为镶上了阳光的色彩而变得斑斓。父亲说：再美丽的鸟，失去了自由，被我们握在手里的时候，都是黑色的。

小时候有一次给家里买酱油，店家在找零钱的时候多找了一角钱。在当时，一角钱对一个孩子的诱惑还是很大的，它可以换来一大堆花花绿绿的糖果。店家找回来的一角钱是 5 个 2 分的硬币，我不想把这个“意外之财”交给父亲，就把它们藏到了自己的鞋垫里。柔软的鞋垫里突然有这么几个硬币在里面，很不舒服。时间久了，脚被硌破了，走起路来一瘸一拐。父亲知道后，并没有训斥我，只是帮我取出那几个硬币，送还给了店家。父亲对我说：不要为了几枚硬币而硌坏了自己的脚，那样自己走出的路会歪歪扭扭。

在我临近高考的那段时间里，父亲下岗了，又在出苦力干活时被重物砸断了腿。对于我们来说，父亲倒下就像天塌了一样，可是父亲依旧快乐着，在给自己削拐杖的时候还哼着歌，丝毫没有被命运击败的迹象。

面对母亲的愁眉苦脸，父亲开导她说：这腿没几天就好了，现在我可以利用这几天好好养身子，身子棒实了，就是本钱哪，到时我再把钱给你翻倍地挣回来。

母亲对父亲的贫嘴没办法，只好由着他在那里哼着并不好听的歌。

父亲本来就是一副书生的骨架，再加上受了伤，更不能干重活了。他就买了一头毛驴，拴上一个简易的车棚，穿梭于大街小巷，收一些居民家中的废弃物品。路过垃圾堆时顺便拣点破烂卖钱。父亲的吆喝很有特点，他会编一些诸如“酒瓶子，易拉罐，搁在家里是破烂，给我就能把钱换……”之类的顺口溜，不时牵惹出居民的欢笑。

父亲早出晚归，每个黄昏，我看到的都是他一瘸一拐沉重而疲惫的身影，但他看到我时又总会在脸上绽放一堆灿烂的笑。父亲就是这样，不论生活如何困顿，他总能找到自己快乐的逻辑：穷人吃豆腐和富人吃海鲜一样香，穷人穿棉袄和富人穿貂皮一样暖和，富人花大钱，穷人花小钱，都是一样的活着。

父亲一边擦拭着脸上的汗水，一边摩挲着我们的头，很“男人”地说：“放心吧孩子们，老天不会让我们总是待在冬天里！”

一只鸟无法回答一朵云的疑问

人间塞满了问号。我抛出问号，却并不奢望得到回答。因为我知道，一只青蛙很难回答一只蝗虫的问题，就像一只鸟无法回答一朵云的疑问。

那就把我当蝗虫好了，我不祸害庄稼，只是洒下一些问号。

把誓言写在花瓣上，和写在一棵树上，有什么不同？

石头，像我最木讷的兄弟。没有人能界定，一块石头的生死。有价值的石头，就是活的吗？没有价值的石头，就是死的吗？

石头缝里钻出来一株小草，这石头就是活的吗？被人刻上一首传诵千古的诗，这石头就是活的吗？被人雕刻成伟人的头像，这石头就是活的吗？滴血的雨花石，控诉着一段悲惨的历史，这石头就是活的吗？

我不确定一块石头的死活，但我确定，石头的骨骼上，有风雕刻的诗。

春天，到底窝藏了多少人间不为人知的秘密？

我始终不能理解沙雕，这无比精心构筑的城堡，转眼间就化为乌有，这是否值得？那么多人趋之若鹜，这是否像极了爱情？

一只鸟，有多少种办法，收拢翅膀？

数一数，还有几个人活在陈旧的往事里？

诗人胡弦在一首诗里写过一条狗，这是一只被主人宠坏的狗，像个顽劣的孩子，淘出天际，惹祸不断——打碎碗碟，弄脏床单，随地撒尿……后来，主人真的有了一个孩子，把爱都转移到了孩子身上。被冷落的狗，忽然就变乖了，坏习惯竟然全部消失。有一天，它摔断了腿，又引起主人的注意。给它治疗腿伤，打针，抹药，无微不至的照顾。它因为重新得宠而用三条腿快乐地跳来跳去。后来，它的腿好了，一切如前，但每当主人生气，或者它想引起主人注意的时候，就会改用三条腿走路。最搞笑的是，它已经忘了是哪条腿受过伤，所以有时把左后腿悬空吊着，有时吊着的是右后腿。

一条狗都会耍些小伎俩，那么，你觉得有着无比聪明智慧大脑的人，会不会呢？

久未登录的邮箱，你是不是又忘记了密码？岁月每天都在给我们写信，每一天的朝露与霞光，都是信的内容。我们却想不起来给它回信，这是很不礼貌的。

那么，你想过用什么给岁月回信吗？

喜欢广告鬼才导演罗伊·安德森执导的诗意另类影片《你还活着》，以短篇散文诗般的笔法描绘了芸芸众生，一幕幕有关伟大与卑微、欢喜与悲伤、自信与焦虑、爱与被爱的平凡小故事——

瑞典小城，形形色色看似普通而又古怪的小城居民。天天神经质般叫嚷“没有人理解自己”的胖大妈，破坏别人宴席而被宣判坐电椅执行死刑的中年大叔，一边做爱一边念叨银行基金赔钱的怪男人，口不择言伤害到对方的争吵夫妇，听了二十七年精神病人倾诉已经不堪重负的精神科医生，一个随时都会解散的业余乐团，敢于追求爱情哪怕只是梦境的女孩安娜……一段段看似毫无联系的生活片段，或荒诞滑稽或离经叛道，却共同讲述着人与人之间爱与被爱的悲喜剧。

这部电影的名字还有另一个版本，叫《人啊，你为什么》，我觉得这个名字本身很好地契合了电影本身。我们在看完电影之后，脑海中都会闪现这样的疑问：人啊，你为什么？

我在自己的散文《一棵孤立无援的树》里面，借树的口吻，也发出过这样的叩问："人，为什么仇恨总比恩泽难以忘却？为什么欲望之壑总是难以填平？为什么金钱看是一张纸，其实是一堵墙？为什么说一座座楼房就是一只只鸟笼？为什么有人身居豪门，一掷千金，有人却在流亡的路上，没有梦想没有祝愿？为什么有人妻妾成群子孙满堂，有人却孤苦伶仃无依无靠？为什么有下岗有失业有不断高涨的离婚率？为什么有贪污有抢劫有日渐升温的犯罪新闻？为什么不停地给谎言鼓掌给犹大佩戴勋章？为什么长久地给欲望加油给撒旦扬撒鲜花……"

这些"为什么"像一根根针，我希望可以扎疼那些渐渐麻木的灵魂。

我想送给那个叫嚷着没人理解她的疯女人一辆摩托车，让她逃离生活；我想学着像神父一样，为那个被判死刑的中年大叔做一场弥撒；我想拥有特殊能力，让女孩安娜好梦成真……明天和死亡哪一个会先到来呢，不知道，应该是今晚的酒先到。虽然活着意味着随时死掉，但一切毕竟还来日方长。

其实无论多少个"为什么"，《你还活着》这部影片开头引用歌德的那句诗，便已为我们作出了回答——知足吧，活着的人，在那温暖舒适的床上，在勒忒河的冰冷寒风鞭打你那奔逃的双脚前。

答案在每个人心里，但人间依然塞满了问号。

我喜欢发问，所以我活着。

花死了，芬芳还活着

六婶儿插秧的时候，喜欢在稻田里插一个稻草人，然后给它穿上老伴儿的衣服，仿佛老伴儿又活了一样。就听见她一边插秧，一边喃喃低语："年轻那会儿啊，你总是不让我干重活，就让我坐那稻田埂上看你干活。现在，我也让你歇歇，你就看着我干吧。再干几年，等把孙儿的学费挣出来，就去陪你啊！"

一个稻草人穿上爱人的衣服，爱人就活了过来。

我总是有这样的疑问——死了的，就没有了价值吗？

比如那条咸鱼，眼睛仍睁得大大的，似乎充满了和我一样的疑问。

女儿问我，那条鱼死了吗？

我说是的，死了。

死了为什么不扔掉呢？

在女儿心里，死掉的东西就该是垃圾，就没有了任何价值，就该被扔掉。

她的疑问触动了我，那些被采回来的草药，那些蔬菜瓜果，在来摘下的那一刻就都死掉了，可是它们的价值，都是在死了之后，被无限放大的。

至少我认为，瓦罐里的中草药，是活着的。那些洗干净，在厨房准备下锅的菜蔬，是活着的。

那么，我又该如何向女儿解释死亡与重生的微妙关系呢？

一条鱼死了，可是，它又在我们的餐桌上“复活”了，直到它变成鱼刺，才彻底消亡。果真如此吗？妻子说，这些鱼刺捣碎了，放进花土里，花会长得更好。你看，这鱼，即便是变成了鱼刺，是不是仍旧还活着；它活在那盆花里，每一个花瓣，都有它的一缕香；每一片叶子，都有它的一抹绿。

借助于一盆花，这条鱼活了过来。并非咸鱼翻身，而是灵魂的重生。

夏天的某个傍晚，我和女儿从广场经过，女儿指着一个地方对我说："爸爸，你还记得吗？冬天的时候我们在那里堆过一个大雪人呢！"我有些恍惚，女儿却记忆犹新，那个雪人已经消失许久，可是在女儿眼里，那个雪人一直都在那儿。

雪人不死，它只是融化，女儿替它收集着，飘散在各个角落里的魂魄。

竹子被砍下来了，它们死了吗？它们的用处还有好多，比如做成竹签、竹篮，造纸……所以，它并没有死去。它还有一个更优美的活法，被做成竹笛，夜夜吹响在竹林深处。

我一个写诗的朋友，5 岁时，母亲便离开人世。父亲终身没有续弦，父子俩相依为命。

如今，他已人过中年，早就记不起关于母亲的任何细节，但是他感到母亲的爱一直伴随着他。因为父亲，总是一遍遍地提起她，并且进行详细的描述。

"在父亲的痴念里，我的母亲一直活着，一直都没有离开过我。"他说，他残存的 5 岁时的一点点记忆，总是被父亲拿来放大、深究，无穷无尽地延伸。

我的另一个朋友，母亲去世后，她倒是看不出太多悲伤。只是，常常拿起电话，不自觉地拨了过去，然后又猛然醒悟，颓然地放下。

母亲走了，她依然每天都把淘米水浇在花盆里，这是母亲告诉她的。还有削山药皮儿的时候她不自觉地就戴上了手套，不然手会痒得难受，这也是母亲告诉过她的……母亲走了，却依然在指导着她如何生活。母亲从未走出她的世界。

所以，从这个意义上来说，死亡并非结局，而是绵延不断的继续。诗人死了，诗句还活着；乐者死了，音符还活着；眼睛死了，光明还活着；耳朵死了，声音还活着；一只鸟死了，翅膀还活着；一朵花死了，芬芳还活着。

娱心

张恨水性癖嗜茶，同时有收藏古董的嗜好，可是本人又不懂如何鉴别，于是他用了一个最简单的办法——花小钱直接买些假货，由此免去鉴别的工夫和上当的苦恼。这做法虽另类，却也不乏智慧，实乃娱心的妙招。

张恨水尚简，够用即可，从不多占半分。他通过《金粉世家》说出北京人讲究“老三点”，所谓吃一点、喝一点、乐一点，其实就是他自己的内心写照。作为民国时期的“北漂”，他早已在按照北京人的“老三点”方式随心而活了。

以简娱心。简不是物质的贫乏，而是精神的自在。简单的修为，决定了不简单的心。

与张恨水的“以简娱心”相反，另一位则是“以奢娱心”。

幸田露伴有一篇文章《骨董》，里面写到关西一位大富豪是个喜欢茶道的主儿，临死前花数万金购一茶器，高兴几个小时就死了。有人讥之曰，平均一小时数千元。讥者由于悭吝之根性，一生只能守着死理兜圈儿，根本不知道还有一块超越道理的快乐天地。幸田露伴说，他哪里懂得，在趣味面前，即使花上百万两，那只是像一缕青烟，不值得惋惜。幸田露伴对热爱骨董的人评价很高，称他们都是心胸旷达之人，死守规范、忍受秋的寂寥，不如无视常理、享受春的快乐更好。对引领当时社会风尚的茶道大师千利休，更是不吝赞美之词，称其为“稀世英灵”，可以与丰臣秀吉相提并论。

幸田露伴深谙娱心之道，所以笔下人物看似愚钝，其实通透豁达。比起他的小说，我更喜欢他的散文，从自我苦闷的情绪中解脱，呈现出淳朴清澈的风貌。在阅读的过程中，能感受到一种来自生活的原味，醇正质朴，甚为养心。

除此之外，还有一位“以玩娱心”的另类代表蔡澜。他说，玩物也可以养志。

今天活得比昨天好一点，希望明天活得比今天精彩。你有这样的方向的话，就会觉得日子很快，短短几十年，人生一下子就过去了，也就明白了什么叫快活快活。

他说，最怡然自得的生活是应该把时间浪费在一些美好的事物上。去多做一些自己喜欢的事情。下棋、种花、养金鱼，都不会花费太多的钱……散散步，看看花，更是免费的！

不论是“简”是“奢”，还是“玩”，让一颗心顺溜了，妥帖了，就都是值得的。

生命多艰，娱心为上。

有理想的蜗牛

一个男人坐在轮椅上，微笑地看着一个七八岁的男孩子，一次次将皮球踢向一面墙。还有两次偏了许多，直接踢到了他的轮椅。男人并不恼，始终微笑着，对那个小男孩说：“叔叔以前可是个不错的足球运动员哦。”

“那你以后还会踢球吗？”

“不能了，因为叔叔的腿坏掉了。”

“哦，叔叔真可怜。”

“叔叔不可怜，叔叔还有别的理想呢。比如，可以坐在轮椅上打篮球啊！”

“那我们明天一起去篮球场吧！”

“好，拉钩。”

……

诗人敬丹樱写过：“有理想的蜗牛，举着一盏灯笼花，沿着南瓜藤慢慢爬。”她觉得自己就是那只蜗牛，很慢很慢，但是有灯笼花，就足以让她充满信心。

这个坐在轮椅里的男人，也举着一盏“灯笼花”。

谁说有了理想就必须奔跑？多少人急匆匆地走，遍寻成功的捷径。可是你知道吗？这世上能登上金字塔塔尖儿的，一个是鹰，另一个就是蜗牛啊。

诗人何晓坤说过一件事：一诗友，年近知命，写诗二十余载。父母妻儿，同事亲友竟无一人知晓，直至近期，一地方公众平台擅自推出他在外刊发表的诗歌作品，众人方觉惊愕，原来他会写诗！原来他是诗人！这位诗友则是一脸羞愧，仿佛被人发现不务正业，抑或做了什么见不得光的事，头渐低垂，傻笑而过。

这憨憨的人，亦像极了一只蜗牛。有理想的蜗牛，就如同有着美丽翅膀的蝴蝶，在缓慢地飞。

被欲望驱赶着，多少人疲于奔波的路上。一个朋友的 QQ 密码丢失了，申请找回密码，申诉时有一个问题：你的梦想是什么？这么多年过去了，他早已不记得答案是什么了？就随便填了：金钱、房子、车子……答案都是错误的。他说，他丢掉的不是密码，而是当初的梦想。

作家王跃文说："人就好比爬行在苹果树上的一只蜗牛，它爬的那个枝丫上是否有个苹果其实早就定了的，只是它无法知道。我们就像一只蜗牛，在不遗余力地爬呀爬，总以为前面有一个大苹果在等着我们，可说不定等着我们的是一个空枝丫。这枝丫上有没有苹果，不在于我们爬行得快还是慢，也不在于我们爬行的步态是不是好看，而是早就注定了。"

正因为前方未知，才要爬过去看看，一步一步地爬，就是一只蜗牛的理想吧。

我们每个人，何尝不是一只小小的蜗牛，这个世界没有多少宠儿，命运从来不曾对任何人温柔，没有人会为了你的未来买单，你要么努力向上爬，要么烂在社会最底层的泥沼里。也许像蜗牛负重前行却没有结果，但还是不能放弃呀。梦想再大也不算大，追梦的人再小也不算小。天空黑暗到一定程度，星辰就会熠熠生辉。

殡仪馆外的一条路上，一个患了癌症的人，正在满头大汗地晨跑，他只是想离这个地方远一点，再远一点。这就是他的理想。

小人物也有小人物的理想，那理想就是让自己安心过好每一天，从每一天的阳光里吸收一点钙质，再从每一天的汗水里提炼出几粒盐。过日子就是吃饭，就是要一粒米一粒米地慢慢品味，你若囫囵吞枣，是吃不出味道来的。

妻子的理想是厨艺精进。我家的厨房，在十六楼的阳台，妻子做晚饭的时候，正是黄昏时分。落日西沉，从这个角度看上去，妻子仿佛把硕大浑圆的落日放进了大马勺里，颠得它七上八下，愈来愈红，渐渐入了味儿。妻子不喜欢她炒菜的时候有人在旁边打扰，可当她刚把菜放进炒勺的时候，就忍不住向我们喊着："吃饭啦！"我们的幸福里，不仅是饭菜的美味可口，还包括她炒菜的姿势。

凡是我所触碰过的，皆没有无关痛痒的事物。哪怕是刮刮胡子，哪怕是踩踩泥土。万物自有存在之理，草之于树，绿叶之于红花，云朵之于天空，皆为相互的映衬。

我细嚼慢咽，品味我触摸到的一切。闭上眼睛，听着一些舒缓的曲子，一段似水年华，一些不复的光阴，正娓娓道来，我无须控制着自己的心，任由那音乐的湖水浸泡。音乐闪着温柔的光芒，摄人心魄，撩人情思，那温柔来得迅疾，让你无从躲闪，那悲伤来得猛烈，让你来不及捂住那些遥远的伤口。当我为稿纸上的睡莲画上最后一片花瓣的时候，我知道，这寂静的夜是我的，这来自心灵的声音是我的，再没有人能将它夺走。我与它渐渐融为一体，像一根干干净净的蜡烛，流着泪水不停地走动。

此刻，谁也无法阻止这音乐之水的流动，它预言着，所有渴望的必然来临，所有告别的必然重逢。

有理想的蜗牛，用它的触须，顶着这音乐，缓慢地向我爬来。

一颗心的天籁

网络里的热闹，更多的是为鸡毛蒜皮。哪怕是仅仅因为一个明星的穿着，也能引起拥趸和排斥两个阵营的人“大打出手”。喧嚣的微博，一时间风火连城，叫骂声不绝于耳。个个口齿伶俐，骂功非凡。

今天，愤怒的人群不断壮大，一棵愤怒的树，横生出愤青、愤老、愤少等等突兀的枝丫，上面落满乌鸦的聒噪，麻雀的叽喳。聒噪和叽喳，没有人会认为那是天籁。

干吗非要剑拔弩张，轻抚琴弦不好吗？干吗非要狗血喷头，口吐莲花不好吗？

嗓门大，不见得有理。比如泼妇骂街，无理搅三分。响得最厉害的轮子，不一定最先被上油，却有可能最先被换掉。

很多人嘴里，都含着两颗隐秘的杀伤力大得惊人的“子弹”。其中一颗叫嫉妒。

西毒说，任何人都可以变得狠毒，只要你尝试过什么叫作嫉妒。

一个人招来小人的原因，一是自己太过优秀，木秀于林；二是当着众人的面，晒了太多的幸福。

幸福一露头，痛苦就要跑出来嘲笑它几下。

另一颗叫猜忌。

看过一篇小说，说的是一群音乐学院的学生。其中最引人注目的男生，因为才华横溢获得许多异性的青睐。他的妻子却因狭隘的猜忌与嫉恨，向学校检举他行为不端。这是个不可辩白的诬陷。终于，在毕业前夕，男生被学校开除，一夜之间，前途尽毁，不得不一无所有地返回贫穷的故乡。最后，男生背着行囊，面对学校的大门，目不转睛地看着校园，后退着离开。他怀里的吉他，再也弹不出喜悦，尽是无休无止的悲伤。

一颗心，斑驳如秋叶，坠落到命运的低谷。

人人心中堆积着一个火药库，经常说反恐，真正恐怖的东西，其实就在你的内心。

如果可以清洗一颗心就好了，世间多少人心，都已面目全非，看不到最初的样子。

漫画家魏克说，一个人不必行走在高原大漠，但内心一定要海阔天空。

知足常乐，顺其自然，干干净净，清清爽爽，方为一颗心的天籁。

诗人卢卫平写过一首《杀人狂》："一个杀人狂 / 去刑场的路上 / 对警察说 / 请用我杀人的那杆枪枪毙我 / 我只能死一次 / 千万不要因为我罪恶的死 / 让这个世界又多了一杆 / 杀过人的枪。"

这算是临终前的忏悔吧，就因为这一个忏悔，那颗罪恶的心，最后的时刻听到的就不再仅仅是枪声，至少会多了一丝温柔的风声吧。

这世上，有一种叫"伪朋友"的怪胎，表面上与人一团和气，背地里却巴不得捅人一刀。哥伦布发现新大陆时的惊喜，也比不上他们突然发现朋友隐私的"惊喜"来得热烈。

吉田兼好法师认为，人世间大抵难看难听的事有这几种：老人混在青年中间，妄说趣话；卑贱人说世间权贵和自己如何要好；穷人好酒宴，铺张宴客。

这几种人的确令人厌恶，就像我铺开洁白的稿纸，正待给尘世写一些温馨的情话，突然间落上来几只苍蝇。

一个人的胸腔，仿佛一架手风琴，淡然是低音，宁静而美好，牵引着晨光里的露水和蜂鸣；豁达是中音，雄浑而空阔，铺陈着一路金灿灿的阳光；仁慈是高音，铿锵而有力，飞扬着善的翅膀，接通爱的闪电。

人活着有许多不得已的时候，在俗世的染缸里，容不得你全身而退，那就告诉自己的心，尽量被浸染得轻一些吧。

在俗世的河流里，我要做回我自己，在逐渐“珠圆玉润”的路上，继续做一枚有棱角的石块儿。

那是最初的玉，也是最淳朴的玉，它们很不情愿，被市侩雕琢。

在人间行走要念的经

好多人的名字逝去了，又被好多人捡起来，擦一擦继续使用。

卑微的人来一回人世，走的时候化作无名的尘埃，被历史随意抖落。

我们排斥恶，尽力去避开它，甚至掩饰它，但它们总像打不死的小强一般冒出头来。

所以，我总是鼓励我的学生们，写作的时候，大胆去深入挖掘吧。挖出人性之恶，才能更好地发散人性之光。

我们这一生，要经历很多，每个人都会有站在高处的欢喜，也会有跌落谷底的至暗时刻。在任何一种环境下都要保持一颗喜乐的心，站在高处不傲世，跌落低处不沮丧，能在细微的小事中感知到欢喜的人，才能寻找到真正的幸福与快乐。

每一段时光都有每一段时光陪你的人，很多人走散，也不必难过；只是命里注定他只能陪你那么久，能陪你开心地笑一次，伤心地流一次泪，就足以令我们感念。

一生要拿起多少东西，就要放下多少人。放下你之后，我的爱又长了一寸。

雨下着，催着一些事物生长，也催着一些事物老去。

每一根扎过你的荆棘里，都将通过它们的尖锐，为你输入神秘而又富含钙质的汁液。

屁股起了一个疖子，坐卧都疼痛难忍。昨天搽了林可霉素绿膏，疗效不好；今天抹了红花油，作用也不大。有了痛苦，才知道幸福在哪里。

再谨小慎微的青春，也终将消逝。关键是，你储藏起来的香，是否还够你把干瘪下去的青春再鼓胀一回。

冰雹像骰子一样投向大地，这是属于天空的游戏；再厉害的赌徒，也无法听得清，落在人世间的冰雹是单数还是双数。

我们在人间行走，一边试图将尘土按住，使之沉睡，一边又将它们唤醒，乱乱飞扬。芸芸众生，随波逐流，你要储存好你的香气，以区别你与别人的不同。

前有灯火，后有月光，那样的夜晚，既温暖，又清凉。这便是日常的美意。

而我只是一个，在旧事里念佛的人。

放不下的人才会出家，真正放得下的，活在尘世内，也是逍遥的。

人世辽阔，有那么多的孤独需要抵抗，还有那么多的台词，需要牢记于心。如果人生是一场戏，你的演技不好，台词总要熟练些。

人生的课堂上允许你偶尔打个盹儿，但不允许你总是睡大觉。可以偶尔打哈欠，但不许哈欠连天。

如果你自己不作为，就别怪天公不作美。

没有人可以预料，会被哪个日子绑住，又会被哪个日子绊倒。

古老的夜，一去不回。如今的夜，是从关掉手机开始的。

时间是无情的，从不给我们重来一次的机会；时间又是多情的，它允许树叶一次次地绿，一次次地黄，允许我们的死，后辈的生，延续我们的血液，生生不息。

多少人的一生都没了，尘世还照样那么新鲜。

汪曾祺说：“我念的经，只有四个字：‘人生苦短’。”因为这苦和短，我马不停蹄，一意孤行。

多少人的人生不是如此呢，辛辛苦苦地，披星戴月，赶着大早，却只为了挤那辆开往生活彼岸的末班车。

传说，在天堂里有一种教人唱歌的鸟，不到呕血，它不会住口，它的歌里有它独自知道的另一个世界的愉快，有它独自知晓的悲哀和伤痛的释明……它的痛苦与快乐是浑然天成的一片。

人生只有一次，要活得酣畅淋漓，去做想做的事，去见想见的人，去享受生活的喜怒哀乐。如此，人才能在岁月流逝中，把眼前的苟且活成诗和远方。

既然出来了，各种欲望的小兽也就冒出头来。比如再多见几个朋友，比如看过了樱花，又惦念着茶花，每一季的花都不想错过。这世上，美丽的花和优雅的美人都很多，我迷恋她们，却爱不过来。

弱水三千，只取一瓢饮。

出来了，就不在意是否消费得起，不再有一丁点儿的压力；吃顿饭，不以门面光鲜为依据，而是以口味为准绳，只想着是否适合自己，惦记着去更优雅的地方坐坐，也是想让心里更舒服些。

做不到无欲，就圈养起自己的心。

既然出走，就索性头也不回地，把灵魂扔他几天。

近处的景，身边的人，我们常常忽略。回过头去，你依然是最美的那一个。

我们要找到在时间的流沙上留下脚印的人，而不是在沙发上留下屁股印的人。

叔本华说，记录在纸上的思想就如同某人留在沙上的脚印，我们也许能看到他走过的路径，但若想知道他在路上看见了什么东西，就必须用我们自己的眼睛。

所以你得走出去。走出去，用双脚去丈量生命，而不是蜷缩在沙发里，盯着命运的天花板上，一只蚊子的挣扎。

或许我无法融于这个拥挤与慌张的世界，即使是一场最为流行的戏剧，我还是会在落幕之前提前退场。我清楚，我并没有违背结局，只是以自己的方式在寻找着自由的呼吸。

一根善的拐杖

14 岁那年，我正在上初中，父亲在工地不小心摔断了右腿。医生说至少得休养一年半载才能好，这可愁坏了父亲，全家人都指望着他挣钱呢。

父亲是个待不住的人，刚刚休养了半个月，就让母亲给他弄了一副拐杖。他说家里太闷，要出去溜达溜达。让我们想不到的是，靠拐杖支撑着走路的父亲，在晚上回来的时候，居然奇迹般地挣回了钱，尽管只有十几元。原来，父亲在步行街，找了一份发广告单的活儿。想着父亲右腿上绑着厚厚的石膏，拄着拐杖，一站就是一天，我的心里，仿佛飞进去一只凶恶的马蜂，不停地扎着我。

我说：“爸，我不想念书了，让我替你吧。”

父亲狠狠地训斥我：“没出息的孩子才去发广告单，你只管给我好好读书！”

父亲是纸老虎，虽说偶尔也发发威，但我一点也不怕他。他太瘦小了，体重只有 90 多斤。刚刚 14 岁的我，不论个头和体重，都已经超过他了。

我不怕他，可是心疼他。

周末的时候，我要替他去发广告单，他不允，让我在家复习功课。我却偷偷地跟着。

那天很热，我看到父亲脸上的汗水肆意流淌，可是两只胳膊要架着拐杖，手里还拿着厚厚的一摞广告单，没办法去擦。我想过去帮父亲擦擦汗，又担心他责骂我，只好在那里暗自替父亲难受着。

就在这个时候，发生了令我终生难忘的一幕。

一个上了年纪的老人，摇摇晃晃地走过父亲的身边，忽然就晕倒在地上。呼啦啦地围上来一帮人，却没有一个去扶起老人的。我听见有人小声议论，说前几天有个年轻人救了一个老人，却被老人讹上了，最后那个年轻人在医院花了近千元的冤枉钱，真是叫人寒心。这大概就是现在没有一个人肯施以援手的原因吧。

这是一群麻木的人，我从人群中那一张张脸望过去，每一张都写着冷漠。不，有一张脸是个例外，如同万千枯藤上唯一鲜活的一片叶子，上面写着焦急。我看得真切，那是父亲的脸！粗糙的布满皱纹的脸，此刻却光滑得如一面镜子，映照出人的良心。

父亲拄着拐杖，费力地拨开人群，蹲下来，为老人掐人中穴，原来老人是中暑了。老人醒过来，向父亲道谢，颤颤巍巍地站起来，像一盏在风中摇曳的蜡烛，随时都有可能被吹灭的危险。父亲递给老人一根拐杖："拄着点儿走吧，能稳当些。"

"谢谢，那你怎么办？"

"没啥，我这不是还有一根吗，我只是断了一条腿，一根拐杖足够了。"

瘦小的父亲渐渐高大起来，早上明明刚和他比过个头儿的，可是现在却觉得自己比父亲矮了不少。

人群出奇地安静，不知道这些围观的人此刻心里在想些什么，大概是被父亲的举动震惊了吧。

没了拐杖，我本以为父亲会摔倒，可是父亲没有，虽然在那里有点儿摇晃，却像一棵树，只是摇晃而已，不会倒下。因为他的脚下有根，很深很深的根。

人群并没有散去，开始有人伸出手来，一双，两双，十双……枯藤开始发出了新芽儿！

我们太习惯“事不关己，高高挂起”了，各扫门前雪，整天一副麻木不仁的模样。灾难来临时的呆若木鸡，邪恶当道时的熟视无睹，都会令你的灵魂左右飘忽，摇摇欲坠。

父亲让我懂得，每个人都需要一根善的拐杖，使自己的灵魂不至于在风雨飘摇的尘世摇摇晃晃。

一根善的拐杖，可以让你的人生站得稳当一些。

第四章

我打扫天空，你邀请太阳

我不想拆掉你的翅膀

他是个不到 20 岁的年轻人，一个文学爱好者，带了厚厚的一大本自己写的文章，赶了很远的路，就为了来拜访我，希望能够得到我的一些指点。

他和我说，他是攒了好几天才攒够了来看我的路费，路上都不敢吃什么东西，怕把回去的路费吃掉了。说到这，他羞怯得低下了头。

我为这个虔诚于文学的小伙子感动着，拿毛巾给他。他一边擦汗一边羡慕着："你的工作可真好，多么宽敞漂亮的办公室啊！"

我说，好好写你的文章，你也会有这样的办公室的。

我带他去食堂吃过饭后，他一再地掏出他口袋里的一些零块钱，对我说："囊中羞涩，不好意思，第一次来什么也没给您带，您不会见怪吧？"

我见过富人炫富，却没见过穷人晒穷。

怎么会呢。我拍着他的肩膀，劝他不要想那么多。

我看了他写的那些文章，华丽有余而力量不足，但总体的文字基础还是不错的。如果坚持下去，定会有不小的收获。我的褒奖显然增添了他的自信，他说他一定会加倍努力，一定要写出个名堂来。我给他留了电话号码，告诉他有什么事情可以随时来找我。他接过我的名片，手有些抖，满怀感激的样子。

天有些晚了，我不停地看着手表，示意他应该走了，不然会赶不上回去的车了。他大概也看出了我的担心，说没事，回去的车有的是，就是黑天了也有。然后，他就有些不好意思地说："能不能再到你的食堂里吃顿饭啊，那样，在回去的路上我就可以不吃东西了。"

当然可以啊。我爽快地领他去食堂，让他吃了个饱。然后又替他打了满满的一盒饭，让他带着在路上吃。在办公室里，他看到地上堆了很多纸张，向我索要，说反正你这里这么多，我也可以用它们多练笔写东西。我就找了个袋子，帮他装了些洁白的纸张。心里却忽然有了一种说不清楚的感觉，令我的热情骤减。

他再一次感激涕零，发誓一定要写出好作品。

临走的时候，他又一次掏出那些零块钱（他回家的路费），不厌其烦地说最近手头拮据，什么都没给我带，让我不要怪他。我知道，他这是在暗示我替他买一张回程车票。

钱就在我的口袋里，但这次，我没有掏出来。

他和我说，有一次在车站，他没钱买车票，就向别人开口要，没想到有一个好心的人很慷慨地给了他 50 元呢。

他一再地暗示我，就差没有开口向我要钱了。可我依然装聋作哑，无动于衷。

口袋里的钱被我握成了一个纸团。我知道，我不能把它交到他的手上，那样，它真的就成了一团废纸，没有尊严的废纸。

他用一种很奇怪的眼神看我，或许他觉得我是个吝啬的人，但我必须那样做，我只是不想让他养成一种过分依赖别人施舍的习惯。

对于一个羽翼未丰的年轻人来说，别人每施舍一次，就等于拔掉了他的一根羽毛。所以我不能施舍他，哪怕是小恩小惠，也等于是在慢慢拆掉他的翅膀。

“我也有过贫困潦倒的时候，”我想有必要和他讲讲我自己的故事，“那一次也是在车站，自己口袋里的钱不够买车票。但我没有向别人讨要，而是去杂货店买了一管鞋油和一个鞋刷，在车站帮别人擦鞋，擦一双鞋一元钱，一共擦了 5 双鞋，可是还不够买全程的车票。我就买了短途的票，然后在车厢里继续给别人擦鞋，一站又一站，如此反复。就这样，我擦了一路的鞋，也买了一路的票，终于到了家。”

他低着头，又一次羞红了脸。我感觉到了，这一次，是他灵魂里的羞愧。

有时候，拒绝也是一种帮助。因为我不想，拆掉你的翅膀。

在这之后的几年里，我们互相通信保持联系，我常常在信中鼓励他坚持下去。现在，他在当地已经小有名气，而且被当地文联破格录用，他也有了和我一样宽敞漂亮的办公室。他在给我的来信中真诚地表达感激之情，他说：“我之所以能有今天，都是因为您的那一次‘拒绝’，拯救了我即将跌落山谷的尊严。感谢您，让我拥有了一双自尊、自强、自立的翅膀！”

季夫老师的精神钙片

季夫老师是我的语文老师，也是我初三时的班主任。他贫穷、瘦弱，像一粒干瘪的种子。

父亲说，季夫老师是我们村子里第一个大学生，他应该留在大城市的，不该回来。

我的父亲是季夫老师在这个村子里唯一可以谈心的朋友。“是啊，不该回到这片贫瘠的土地上来，做了一粒干瘪的种子。”季夫老师在和父亲喝完酒后，偶尔也会表露出他的遗憾。但更多的时间里，我感受的是他对我们孜孜不倦的爱的教育。

在我的印象中，季夫老师始终是个干干净净、轻轻飘飘的人，甚至走路不带起一粒尘土，举手投足不扇起一阵微风。一件中山装已经洗得发白，却总是板板正正，没有一丝岁月的尘灰与褶皱。

他喜欢给我们讲故事，并通过一个个故事传递给我们做人的道理。听他的故事，如同泉水滋润心灵，干净、舒适。

他讲的课也是干净的，教书的时候，心无旁骛。课堂变成了他一个人的舞台，他在那里忘我地演出，而我们的好成绩便是献给他的掌声。

我是作为留级生才有幸来到季夫老师的班级，得以接受令我一生难以忘怀的教育的。

那时，我在骨子里瞧不起留级生，可是没想到，自己有一天也做了一回“蹲级包子”。为了能够考上县里的重点高中，在父母的一再坚持下，我只好选择留级。我忐忑不安地来到班级，季夫老师是这样向同学们介绍我的：“让我们大家向他祝贺，同一个年级读两次，他是幸运的。因为他可以得到两倍的同学和朋友。”同学们真诚地为我鼓掌，我真诚地向他们鞠躬。

那是我既艰苦又美好的初三生活。

中考前的一个月，季夫老师和家长们商量，让学生们吃住在学校，以全力备考。那一个月是我生命中最难熬的日子，常常由于紧张而失眠。为了保证学生们能安然入睡，季夫老师每天临睡前都给我们吃一粒安定片。直到顺利通过中考，所有人都认为是这一粒小小的安定，给了我们莫大的帮助。考试成绩下来了，我们班是全校考得最好的，15 个人考上了县重点高中，其中包括我这个留级生。那天，季夫老师很激动，并告诉了我们一个秘密，他说他每天给我们吃的只不过是一粒钙片而已。

季夫老师的钙片，让我们的精神之树无比茁壮。

季夫老师，一肩明月两袖清风，因为干净而清贫，也因为清贫而干净。其实他本不必如此清贫的，他在城里的一个位高权重的老同学有意帮他走出这个小村子，去更广阔的天地。他很倔强，他不走，他说他是扎根在这村子里的一棵老树，换了地方就会水土不服。

他不走，他把一切都留在了这个村子里。他在这里出生，也在这里逝去。

暑假回家的时候，我听到季夫老师去世的消息，父亲和我说，季夫老师是在讲台上晕倒的，他的一辈子都是在这讲台上度过的。

我去了季夫老师的讲台，依稀能够感觉到他的呼吸。我看到黑板上依然留着他的笔迹，那是他为孩子们上的最后一课：有的人死了，他还活着……没想到，这段诗歌竟成了他的悼词。

多么贴切的悼词！

其实季夫老师是太过劳累了，师母常年卧病在床，里里外外都需要他一个人来打理；而对学生们，他又是竭尽全力，透支了自己的生命。那一刻，我真正懂得了呕心沥血的含义。

季夫老师，从没有大声与我们说过话，但他的声音能很深地穿透我们的灵魂。

季夫老师，整天一副弱不禁风的样子，但羸弱的他在黑板上写的字，却是颇有力道的。他能写出一手漂亮的正楷，规规矩矩的字，像他正大光明的人。

季夫老师，这粒干瘪的种子，是我们的精神钙片。

心底的照片

那是一张永远无法定格在胶卷上的脸，那是裱在摄影家心底的一张照片。

那是一群贫苦交加的人们对美好生活的渴望。

那是很多年前的事情了，因为我的摄影家朋友略微懂得一些非洲语言，所以争取到了随同新华社记者去索马里难民营采访的机会。他一直有一个愿望，要用相机记录下难民们水深火热的日子，唤醒全世界的善良来拯救这样一群在死亡边缘挣扎的人们，他们有黑色的皮肤，有褴褛的衣衫，有在贫苦中依然闪亮的眼睛……

那是一个怎样的居住地啊，像城市里某个垃圾处理场，臭气熏天，尘土飞扬。战争让他们流离失所，饱受了上帝揣在口袋里的所有苦难。

在那里，他摸到了儿童瘦如鸡爪的手，听到了老人临终时的哀号和呻吟，看到了妇女惊恐的眼神……这些都在他的心底烙下了深深的印记。那里的每一个人，随时都有可能死去。一粒药片比一粒金子更珍贵，一次小小的感冒引发的高烧就会将人推下生命的悬崖，死亡平凡得如同篝火的熄灭一样，已经不能让人感到伤痛了。

但让他无比惊讶的是，在他决定给他们照相的时候，不论是男人还是女人，都纷纷去洗脸梳头，把自己收拾得干干净净的，似乎是要赶赴一个节日。他想：再贫苦的人，对生活也是充满向往之心的。

其实，他们是在为自己守着那最后一点尊严，让全世界都尊重的、非洲的心。

我的摄影家朋友倾其所有，为他们照满了整个口袋里的胶卷。就在他要离开的时候，一个小姑娘跑过来拽住了他的胳膊，央求他为她照张相。他看到她将自己收拾得干干净净，特别是她的胸前，竟然还戴了一串五彩斑斓的项链。她似乎看出了他眼中的惊讶，笑着对他说了项链的秘密。原来那是她用泥巴搓出来的一个个泥球，然后用花粉涂在外面，串成了项链。

就为了做这个“项链”，她才耽搁了照相。

他拿着相机的手在颤动，他不能告诉她相机里已经没有胶卷了，他不能让这朵开在人世间最苦难之地的花在瞬息之间就凋谢，那是一颗真诚地热爱着生活的心啊。

她对着他的镜头绽放着灿烂的笑，他也不停地摁着谎言的快门，用一个个闪光灯骗过了她的期待。非洲女孩黑黑的脸和灿烂的笑，在那一刻永远定格在了摄影家的灵魂里，再也剜不掉。

回到大使馆后，我的摄影家朋友想尽办法向工作人员要了几个胶卷。他的心很乱，迫不及待地要求再回到难民营一趟，他想为那个女孩补照几张照片，前后辗转了约20天。他不知道，这20天，一个满怀期待的生命就走到了生命的尽头。

她纤细的生命一直在飘飘荡荡，一次简单的感冒，就让她永远地睡着了。

小女孩躺在母亲的怀里，已经离开了苦难的人世，胸前的那串项链依然镀着阳光的色彩，刺得人的眼睛有种无法回避的疼痛。

那母亲说，这20天是孩子最快乐的日子，她每天都在盼望能看到她的照片，看到自己在灿烂的阳光下，像花一样开放。

那母亲说，她临终前还在问："中国叔叔来了吗？"

这就是生命。在那最贫苦的地方，一颗苦难的灵魂涂抹上阳光的色彩，变成珍珠，串成了美丽的项链……

对美的向往之心，让这个世界重新看到了自己的希望。

捆绑苦难

在那次关于矿难的采访中，我接触到一位被双重苦难击中的中年妇女：瞬息之间，她失去了丈夫和年仅 18 岁的儿子。

她在一夜之间变成孤身一人，一个家庭硬生生地被死亡撕成两半，一半在阳光下，一半在尘土里。

两个鲜活的生命逝去了，留下一个滴着血的灵魂。悲伤让她的头发在短短几天就全白了，像过早降临的雪。

一个人的头发可以重新被染成黑色，但是，堆积在一个人心上的雪，还能融化吗？

那声沉闷的巨响成了她的噩梦，时常在夜里惊醒她。她变得精神恍惚，时刻能感觉到丈夫和儿子在低声呼唤着她。

同样不幸的还有很多，一个刚满 8 岁的孩子，父亲在井下遇难，而在上面开绞车的母亲也没能幸免于难，强大的冲击波将地面上的绞车房震塌了，母亲在被送往医院的途中离开人世。

在病房里，我们不敢轻易提起这场噩梦。这使我们左右为难，主编给我们的采访任务是关注遇难职工家属的生活，可是我们真的不忍心再掀开她的伤口，那一苦难的心灵简直就是一座随时都有可能爆发的悲伤的火山。

我们沉默着，找不到可以安慰她的办法，语言显得如此苍白无力，就像一个蹩脚的画家面对美景时的束手无策。

由于过分悲伤，她整个人都有些脱形了。但是，最后还是她打破了沉寂，在得知了我们的来意后，她说，活着的人总是要继续活下去的，但愿以后不会再有矿难发生，不会再有这样的一幕幕生离死别的悲剧。

我在笔记本上收集着那些苦难，那真是一份苦差事。每记下一笔，都仿佛是在用刀子剜了一下她的心。那一刻，我的笔滴下的不是墨水，而是一滴滴血和一滴滴眼泪。

在我问到关于以后生活方面的问题时，她做出了一个让我们意想不到的决定，她要收养那个失去父母的孩子。

“我不能再哭了，我要攒点力气，明天还要生活啊……”在她那里，我听到了足以震撼我一生的话：“我没了丈夫和孩子，他没了父母，那就把我们两个人的苦难绑到一块吧，这样总好过一个人去承担。”

把两个人的苦难捆绑到一块，那是她应对苦难的办法。厄运降临，她没有屈服，她在这场苦难中懂得了一个道理，那些逝去的生命只会让活着的人更加珍惜生命。

短短几天的采访行程结束了，临走的时候，我去了她的家。我看到她把院子收拾得干干净净，几盆鲜花正在那里无拘无束地怒放，丝毫不去理会尘世间发生的一切。那个失去父母的孤儿正在院子里和一只小狗快乐地玩耍。我如释重负般松了一口气，抬头就看到房顶的炊烟又袅袅地飘荡起来了，那是在生命的绝境中升起的炊烟啊，像一根热爱生命的绳子，在努力将绝境中的人们往阳光的方向牵引，虽然纤弱，但顽强不息。

我知道，在以后的生命中，无论身处怎样的困境，我都会坚强地站立。因为我知道，曾经有一个人，用她朴实的生命诠释了她的苦难——

把两个人的苦难捆绑到一块，苦难便消解了一半。

时光不旧，只是落满尘灰

那时我20岁，却在经历人生的秋天，满目落红，遍地枯草，大有“晚景凄凉”的味道。在我自己看来，当时的处境甚至不如隔壁的那个孤寡老人。

他没有退休金，平日里靠捡拾垃圾艰难度日。喝酒算是他一天中唯一的一点乐趣吧。只有在喝点小酒的时候，那院子里才有了点儿活人的气息。那个时候，我甚至能听到他哼着一些古老而神秘的曲调。

他的院子里堆着的都是没来得及去卖的破烂，就是这廉价的破烂，竟然也遭遇了盗贼。那盗贼就是我。

高考落榜后，父母让我去工厂做学徒工，我不去，关起门来坚持写作，梦想有一天可以写出名堂。苍白无力的青春，空洞的辞藻，自然无法让我写出多么出彩的文章。消极的我开始变得颓废，抽烟、酗酒、打架，可谓“无恶不作”。邻家隔几天就上门来和父母讨说法，父母气急败坏，不再给我零花钱，任凭我“自生自灭”。我要写稿投稿，没钱买稿纸和邮票，只好打了他的主意，因为我注意到，他那些垃圾里，有一些本子是可以拿来用的。

他并没有太严厉地呵斥，只是对我说：“你不好好读书，来这破烂堆里翻个啥？破烂就是破烂，还能翻出什么稀罕玩意来？”说完他就往那堆破烂里一躺，和那堆破烂融为一体，好像要告诉我，那破烂是他的，也就他把那破烂当有用的东西吧。“嘿嘿，我也是个破烂。你来翻翻，看我口袋里有没有点儿值钱的东西。”

我的脸着臊得通红，只好和他坦白，说自己看中了他捡来的那些本子。

“不过话说回来，破烂也分两种，一种是完全没有用的，一种是还有一点利用价值的，比如我捡的这种，还是可以换回一点钱的。”那天他喝了酒，心情不错，没有和我发火。借着酒劲儿，还对我进行了一番教诲，“人啊，不管多糟糕，哪怕你狼狈得像个垃圾一样，只要用心，你也会是那种可以回收利用的垃圾。相反，你若自暴自弃，沉沦堕落，那么你就是把自己扔进了不可回收的垃圾箱。”

听着这话，一点不像一个捡破烂的老人说的，反倒像我的语文老师在课堂上给我讲的。

为了“惩罚”我，他说：“去给我把窗玻璃给擦了吧，很久没擦了，都看不到外面的东西了。”

我只好乖乖地就去擦玻璃。玻璃擦干净了，晦暗的屋子一下子亮堂了起来。他心情很好，招呼我喝一口。我捏着鼻子喝了一口，辣得不行，直吐舌头，他倒是乐得前仰后合。

最后，他在自己的垃圾里仔细挑拣，把那些我能用到的本子都给了我。

“该惩罚也惩罚了，不过你既然帮我把玻璃擦得那么干净，也得奖励奖励，这些就奖励给你吧。”

我流着泪接过那一摞本子，脏兮兮、皱巴巴已近“迟暮”的本子。我却坚信自己，可以在那上面写出干干净净、青春靓丽的文字来。

一度以为，自己荒废了光阴，不可救药。但这个可敬的老人让我知道，时光还没有被我用旧，只是蒙上了一层灰垢而已。只要用心去擦一擦，那隐匿起来的时光随时都可以亮洁如新。

当生活粘住你的时候

21岁的那个夏天，我一个人去澎湖旅游。为了体验渔民的生活，我在傍晚跟随一户渔民到海里去捕鱼，那一次我们是去捉小鱿鱼，捉小鱿鱼要用一个网，中间放一个灯叫作“聚鱼灯”，放下去后小鱿鱼就会游来；每撒一次网大概要50分钟的时间，撒去后就等着小鱿鱼游进网里。等了很久，等得我快睡着了的时候，时间到了，当我们把网拉上来一看，差点昏倒，那里面只有3只小鱿鱼。等了50分钟怎么才捉到3只小鱿鱼？渔民的生活真是太辛苦了！当时我心里就觉得很难过，可是那个渔民开心地说：“哇！这3只配烧酒刚刚好。”他的太太也热情地应和着：“待会儿我给你们烤着吃，尝尝鲜。”

又下了一次网，50分钟以后再捞上来，一看，5只，那个晚上撒了无数次的网，渔民、他的太太和我3个人工作了一个晚上，捉到的小鱿鱼却屈指可数。这样辛苦的生活让我很是感慨！可是那个渔民安慰我说：“不是每天都这样子的，因为每一次下网，你都不能知道网拉上来时会有多少只小鱿鱼。”他也曾经有下一次网就捞起五百多斤小鱿鱼的记录，啊！这个时候就是丰收。

他说，他在捕鱼的时候遇到过很多风浪，最惨的一次，风浪把他的渔船打翻，毁了他半辈子营生的家什。可是生活还得继续，一切又要重新开始，他能做的，就是节衣缩食，再做一条渔船，接着去打鱼。

我和那位善良好客的渔民喝着小烧酒，那位太太为我们烤着小鱿鱼。借着酒劲，渔民扯开嗓子，竟然唱起了日本的《拉网小调》，那样子很是滑稽，却也显得很是真诚。

他们日子虽然过得凄苦，但夫妻俩相敬如宾，倒也算其乐融融。太太的性格很好，毫无怨言地跟着他守着清贫的日子。我问起他们的孩子在哪里？他们骄傲地说在大城市里念着大学，也正因为如此，他们相信好日子马上就要来到了。

那一夜，我们聊得兴起。当问起他最初的梦想时，他的回答着实令我吃惊不小。“画家，”他说，“我的梦想是当个画家。”

这简直是天壤之别，渔民和画家，这怎么靠得上边儿呢？

“我没别的本事，可我得养家糊口，还得供孩子上大学。”他说，“有时候生活就是这样，它粘上你的时候，你所有的梦想就只能被抛下了。”

是啊，当乱无头绪的生活粘上了你，梦想就只有靠边站的份儿了。

雷蒙德·卡佛写过一篇小说，《所有的东西都粘在了他身上》，我特别喜欢。文中写了一对年轻夫妇，他想去钓鱼，夜里孩子病了。两个人拌了嘴，他留下，和好。这是很久以前的事了……因为故事的叙述者是一个老人，当年的孩子长成了一个时髦、苗条的姑娘。回忆似乎是平静而温情的，但卡佛对生活有严重的焦虑感：再没有自由了，当有了女人，又有孩子，所有的东西都粘上来……他又不能抛弃生活本身。那就做一个生活的失败者吧。“事情在变，”他说，“我不知道它们是怎么变的。但总是在不知不觉中，也不按照你的愿望来变。”

每个人的生活都会经历一些风云莫测的变故，变故终会使人成熟。我们的生平若是一只瓷碗，变故就是那碗上的一个个缺口。若一只碗曾经恬静于自己的完满，打下几个口子之后，这瓷碗也不得不失衡于残缺处的遗憾。遗憾之余，碗依旧是碗，照例要盛装日月山河，朗朗乾坤。

我再没去过澎湖，也不知道那对渔民夫妇现在过得怎么样了，但有一点让我坚信，那就是再苦的生活也不会将他们击倒，乐观是他们保持健康的良药。

还没来得及起飞，生活就已经变成了各种东西，牢牢地粘在你身上，让你动弹不得，只能像一个被翻过身来戏弄的甲虫一样慌张地动弹着六条腿……等你好不容易翻过来，下一次戏弄又莫名其妙地来到。

但这就是生活，正如雷蒙德·卡佛和我见到的那对渔民夫妇，再糟糕，你也不能将它抛弃。

让生活粘上来吧！

给人世号脉的人

他有些邋遢，衣服破旧不堪，如同一个乞丐。可是，他并不乞讨，他的骨子里有一种骄傲，从他挺拔的身姿上可以略见一二。他的头发很长，枯草一般覆盖在他不大的脑袋上。整体上看，他的灰色气息太浓，唯一有点鲜活的，是他那仿佛印度男人的眼睛，流淌着一股泰戈尔诗句般的深邃和忧郁之美。

他是拘谨的，不擅长与人交流，别人和他说了很多话，他只是“嗯”一下，点点头表示肯定，或者摇摇头表示否定，从不多说一句。快 40 岁的人了，还经常会把手指放到嘴边，啃上面的老皮，偶尔抬一下眼，也是显得疲惫又不耐烦，似乎在用自己的表情下着逐客令——拜托！我早就听不进去啦！

他又是欢快的。遇到能与之交流，或者说灵魂上相契合的人，他会滔滔不绝，谈兴甚浓。在一缕阳光下，你甚至能看到他嘴角喷出的唾沫星子，以及手脚并用的夸张神态。

他是孤独的。有时候，他盯着一面墙，一动不动。走近看，才知道他盯着那上面的一只瓢虫。瓢虫一动不动，他也一动不动，那种灵魂的交流，无人能懂。

他又是活泼的。他拿起一颗石子，打水漂。他翻来覆去地查看一片落叶，想知道落叶的脉络里藏着怎样的秘密。他逗弄一条流浪狗，满怀慈爱地把自己的盒饭拨出来一半给它，狗的尾巴摇得像拨浪鼓，在他的两腿间穿来穿去。

他充满怜悯地看着那个盘坐在地上的断腿小乞丐，犹豫了一下，把自己吃晚饭的钱都给了他。可是，转眼就看见那个小乞丐伪装的丑陋——竟然站了起来，拿起自己行乞的行头飞奔而去！他爆了粗口，可是随即给了自己一个耳光，说："不应该！不应该！"

他是一个矛盾体，一边埋怨着阳光不肯普照，一边无比珍惜地热爱着人间万物。他会为一个罪大恶极的坏人得到处决而拍手叫好，也会为一个受到冤枉的好人而痛心疾首。他木讷而有趣，如果你能真正走进他的内心，他将会和你结伴而行。

他为我读过一首题目叫"流浪汉"的诗：

在春天的马头山脚下的沟渠里

一个流浪汉

搂着一个塑料模特在睡觉
仿佛是一个饿极了的孩子
春风先是小口小口地吹着
后来就突然大了
树叶铁皮样哗哗作响
花瓣魔幻着纷纷飘落
可怎么也无法将他吹醒了
模特的脸，开始是笑着的
慢慢地，生出了无限怜悯——

在一般人看来，这个流浪汉是猥琐的，那么下作的举动，死都换不来别人的同情。可是，他看出了里面的美好。剔除荷尔蒙之后，他相信我们也会被深深地打动。

这样的一个人，他看得见一只狗的寒冷，听得懂一朵花的呓语，看得出哪一棵树得了“胆囊炎”，分辨得出哪一朵云“怀了孕”，猜得到哪一块石头可以飞起来去捕食……他以一个病人的姿态给世界号脉，却十分精确地诊出这个世界中，生命患病的深浅。

这样的一个人，有人叫他神经病，有人叫他——诗人。

活泼的涟漪

在家乡的公园里，有一处很大的荷花池，经常会看到一个采莲子的很瘦小的女人，大概50岁的样子，头发蓬乱，浑身沾满泥巴。她爱笑，不管啥时候碰到都是用笑来和你打招呼，所以，尽管她脏兮兮的，却让人觉得很亲近，就好像是自己家的亲戚一样。

彼此熟络之后，我们就攀谈起来，才知道她的诸多不幸。她和丈夫下岗后一直找不到什么工作，就找亲戚们凑钱买了一辆三轮车，夫妻俩在市区里给人家送个货什么的，也算有个稳定收入。可是没想到有一天，一家三口开着车出了车祸，丈夫当场没了气，孩子断了一条腿，家就这样塌了。这以后，她只能到处打零工，有空闲的时间，来这采点儿莲子，也能卖点儿钱。她说，她要攒点儿钱给残疾儿子买一个电动轮椅，那样，儿子就能出去看看风景了。说这些的时候，她是羞愧的，让儿子遭了这么多的罪。她觉得，家中的噩运和贫穷都是她的错。

这个采莲子的女人，在自己儿子面前，总是一副开心的笑脸。她把悲伤藏得很深，就像莲子，把自己的苦藏在莲蓬的微笑里。

她做了详细的计划，要陪儿子先把周边城市的一些景点都走遍，然后再走遍全中国。生活亏待了她，她却依然对生活报以热爱。她说不管她多忙，只要儿子唤她一声，她就会在第一时间赶到儿子的身旁。儿子在她的影响下，情绪也非常饱满，几年来一直坚持着写作。

说到她的儿子，她的脸由于兴奋，沟壑显得更深了。这枝倔强的莲蓬，在命运的苦水里，微笑着，搅动起活泼的涟漪。

生活，我愿意分开来去解读，生是生，活是活。为什么叫生活，生是宿命，不可更改的出生；活是自己的，是自己的轨迹，自己的舞蹈。

黄永玉对沈从文说：三月间杏花开了，下点儿毛毛雨，白天晚上，远近都是杜鹃的叫声，哪儿都不想去了！我总想邀一些好朋友远远地来看杏花，听杜鹃叫。黄永玉问表叔，这样是不是有点儿小题大做？沈从文微笑着回答：懂了就值了。

黄永玉和沈从文都曾身处艰难之境，他们并没有自怨自艾，而是懂得在晦暗的生活里去寻觅一丝美好，这份心境纯洁无瑕。它让一颗心，即便置身于死水一般的境地，也能泛起活泼的涟漪。

一个弟子问大师："什么样的人最有资格当您的弟子？"

大师回答："那些即使穷到只有两件衬衫，也会卖掉其中一件，用换来的钱买花儿的人。"

日本美术家冈仓天心说："原始人向他的情人献上第一个花环，由此超越了兽性。他克服了粗野的本能，进而为人；他意识到了无用之物的微妙之用，于是进入了艺术之域。"

很多东西看似都无用，然而它们却是可以让你平静的生活之水泛起波澜的"活泼之物"。

我们都是凡人，没有什么惊天动地的大事，芝麻大的小事贯穿我们一生。我们在这烦琐的尘世间，总会寻找到一些令你心动的小场景，那便足以让你的人生"活泼"起来。那些看似无用的小事儿，往往带动了生活的美。

我们都需要在各自的人生里，嵌入那些"活泼之物"。

黑塞的小说《克诺尔普》塑造了一位流浪汉形象。主人公克诺尔普流浪一生，无所事事，却到处尽自己的能力给别人带来欢乐。他临终时向上帝忏悔自己无用而错误的一生，上帝却称他为"爱子"。这也正是黑塞对这位"无用人"的感情。黑塞在 1935 年给一位朋友的信中说："作家描绘吸引自己的东西，而克诺尔普这个形象对我有极大吸引力。他是'无用的'，可他很少干坏事，比那些有用人坏事干得少得多，而评判那些人不是我的事。我深信，若是像克诺尔普这样有才能而且富于活力的人在他的周围世界中找不到一席存身之地，那么这个世界是和克诺尔普同样有罪的。"

他是"无用的"，却是有趣的、活泼的，而且带动了很多人跟他一起活泼。这便是他所谓的"无用"的价值。

某一天在荷花池，又见到了那位采莲子的母亲。她兴奋地告诉我，她儿子的第一本书马上就要出版了！

真是替这一对相依为命的母子感到高兴。我想，无须过多的安慰，因为她是一个有着强大的自愈能力的女人。

我只想告诉这位朴素的母亲，所有热爱生活的，敢于把生活之水搅动出活泼的涟漪的人，都不必羞愧，并且，配得上这个尘世的一切赞美。

老鹰不会像麻雀一样吵架

我感恩我的初中老师董恩红，她教英语，同时也是我们的班主任。她从不歧视任何一个学生，对每个人都以微笑相迎，那种慈母般的笑容，总是会让她的课堂出奇地安静，大家都喜欢她那娓娓道来的讲课方式。这让其他学科的老师很是不解，他们不知道董老师用了什么魔法，可以让我们班在全校出了名的几个调皮捣蛋的家伙安心听课，包括我。

董老师把我从后进生的队伍里拉了出来！我真的想为班级，想为她做一些事情。我每天早早地来到教室，拖地、擦桌子、擦黑板，把一切弄得干干净净的，让老师和同学们一进教室就有一个好心情。正当我满怀兴奋期待老师和同学们赞美的时候，突然听到后桌两个女生叽叽喳喳的。大意我听明白了，那就是说我是个有心计的人，太善于表现自己了，这样讨好老师，指不定想得到什么好处呢！听到这些，就像吃了苍蝇一样，又堵心又气愤，差一点儿就跳起来与她们理论。但我还是忍住了，一整天，心里都不痛快。

收完作业，送到董老师办公室的时候，我心里憋闷，一言不发，脸色很难看。这和昨天爱说爱笑的我大相径庭，董老师问我怎么了，我支吾了半天，终于还是没忍住，便将情况一五一十地和盘托出。

董老师说："做好事是让你自己心安，你只管去做好了，不要管别人怎么说。"

"可我心里就是不得劲儿。"我答道。

"你见过老鹰和麻雀吵架吗？"董老师问。我摇了摇头，不大明白董老师所言何意。董老师接着说："老鹰是高飞的鸟，它的志向是翱翔蓝天，而麻雀飞不高，只会聚在一起叽叽喳喳。所以，老鹰是没有时间和精力，也没有闲心去和麻雀吵架的。"我有些明白了，董老师是在通过老鹰和麻雀的不同，告诫我，一个人应该专注于自己的事，不要为外物所扰。

心无扰，身便轻盈，便可高飞。

黄永玉在怀念表叔沈从文的文章中写过一件事，有一个年轻人时常在晚上大模大样地找沈从文聊天，很放肆。他躺在床上两手垫着脑袋，双脚不脱鞋高搁在床架上。沈从文欠着上身，坐在一把烂椅里对着他，两个人一下文物考古，一下改造思想，重复又重复，直至深夜。那年轻人走的时候，头也不回，扬长而去。对于这种没有礼貌的年轻人，黄永玉很生气，觉得应该好好教训他。但沈从文摇手轻轻对黄永玉说：“他是来看我的，是真心来的。家教不好，心好！莫怪莫怪！”

这是何其宽阔的胸襟。

电影《除暴》里有一个片段：一个女孩想自杀，结果在那很高的楼顶犹豫了。她说：“同一个地方从三楼看下去，满地都是垃圾，从三十楼往下看就很美。”这就是一个人的视野问题。有些事，堵心堵肺的，你换个角度重新看，没准就血脉通畅了。

登高才能望远，心怀远方，也才能走得更远。当你立志想做一个成功的人，就得习惯于别人的诽谤、诋毁，甚至人身攻击。当你登上山顶的时候，这一切就都成了风，成了草，与你相伴的，便只有那高洁的云了。

“夏虫不可语冰，井蛙不可语海。”登高山，始知山之巍峨；临大海，才识海之浩瀚。作为一只老鹰，你尽管高飞，高天之上，极目望去，那些麻雀连影都不见了。

流逝

胖婶年轻的时候很苗条，是我们小镇上公认的美人。直到如今，她也总是尽量把腰板挺得很直，这个老妇人在深秋的晚霞里骑着自行车，风吹开她的白发，像一丛白色的菊花。她的后车架上，一大捆葱，幸福地颤抖着。

她每天如此，好几十年的光景匆匆而过。我在那飘扬的白发里，看到了她流逝的青春，遥想她第一次骑车来买菜的光景，羞赧的，不太熟练的，和小贩们讨价还价的技巧，都是她流逝的一部分。

直到中年以后，我才开始变得吝啬起来，不忍心浪费一分一秒。因为我感受到了高尔基在《时钟》里描绘的关于时间的流逝，在滴答滴答的声音里，我们将被剥蚀得一无所有。

这个不停地在流逝的世界，到底是怎样的？

刮了一晚上的风，透过窗子的缝隙，发出“嘘嘘”的响声。早晨醒来，风未停，看天空的白云，被风推着，走得很快。天空被风吹得更蓝了，清朗朗的世界，是被风吹出来的。

推着割草机拾掇草坪的老园丁说，这个世界是草编的。

防汛指挥部的干部，指着滔滔的河水说，这个世界是水做的。

老木匠的仓库里，堆放着很多新鲜的树木的尸体，他正在寻求让它们以另外的方式复活。他说，这个世界是木头刻的。

他是个盲人，他抱着母亲，像一堆破棉絮包裹着另一堆破棉絮。母亲此刻，奄奄一息。母亲照顾了他一辈子，而此刻，母亲再也无法照顾他了。他摸到两个鸡蛋，摸到锅，摸到水，摸到火柴，他要救他的母亲，他只能想到让她吃东西。他心中的世界，是用墨汁泼出来的。

和这个盲人相反，画家在调色板上，用五颜六色调合出绚烂的世界。

岳母罹患重病 10 年，每天需要大把大把地吃药，周身弥漫着药的味道，她的世界，是药堆出来的。尽管如此，她依然毫不慌张，操心着儿女们各自的生活，运筹帷幄，指点江山。

冬天的时候，女儿在雪地里手舞足蹈，在她眼里，世界是雪堆出来的。

妻子喜欢在花海里拍照，她是众多花瓣中的一瓣。面对那些美丽的花，才思敏捷的她竟然找不出更多的语言去形容，她只说了句，这世界啊，是花儿围出来的。

老人院里的老人们，有的白发飘飘，有的拄着拐棍，有的揣着绝症。死亡已经变得稀松平常，就像他们口袋里的一块手帕，不小心就掏了出来，擦一擦嘴边淌下来的涎水，擦一擦自己墓碑上的遗像。有一位，感觉自己大限将近，嘱咐儿女们把装老衣服备好，顺带着备好了足够他在那个世界挥霍的纸钱。他说，这个世界是纸扎的。儿女们多给他扎了一个手机，还是名牌的。他们说，你在那边没事儿也看看微信，看看人间还有多少趣事。

不管这世界是什么做的，不可更改的是，它在流逝。因为流逝，所以珍贵。

我们怎样去看这个世界，这个世界就怎样看我们。我们看世界如花，世界就以花香覆盖我们；我们看世界如海，世界就以浪花的姿态撒欢给你看；我们看世界如深渊，世界就以阴冷的暗影步步尾随；我们看世界如灯，世界就把所有的光热集聚到太阳上面，并通过它回赠给我们。

作家王开岭对我们不懂珍惜当下，有个形象的比喻，说我们就像一个个懵懂的天使，不断地掏出衣兜的宝石，去换取巫婆手中的玻璃球。

什么都在流逝，没有什么是可以留住的，包括白天，包括黑夜。我们唯一能做的，就是在流逝的过程里，像一只渺小的昆虫，轻轻地咬住“当下”，放到嘴里慢慢咀嚼，咬出月牙，咬出星子，咬出一小朵一小朵的美梦，镶嵌到自己的余生里。

胖婶又一次骑车从我身边飞过，晚霞做证，她唯一没有流逝掉的，是她的笑容，那是她的标签。我记得，她曾举着一条八爪鱼，对我说，人啊，就得像它一样，不管啥时候，都得张牙舞爪地去拥抱你的日子。

我打扫天空，你邀请太阳

勇是我的一个朋友，早些年以精通于“借钱”而闻名。他口才极好，和陌生人见了一面就可能会交为朋友。他的应酬多，免不了要多花钱，靠那点工资总是显得捉襟见肘。他便时不时地向别人借钱，他借钱的办法是，向这个人借钱，一个月后向另一个人借钱来还这个人的钱，然后再向另外的人借钱。以此类推，按照他“朋友”的数量，再轮回第一个“朋友”那里，大概一年也就过去了。因为每次他借的钱也不是很多，所以他几乎每次都不会空手，还闹个手头挺宽裕的。不过，这样时间长了，朋友们也就看清了他，渐渐就远离了他。我是他“以此类推”中的一个，只是，他这样，让我心里很不是滋味，所以，当他再次和我开口借钱的时候，我拒绝了。我想，我是第一个拒绝他的人吧。

他显得有些惊讶，觉得借个千八百块对于我来说不过小菜一碟，不至于让他吃了“闭门羹”，所以瞬间显得有些尴尬。“这样长久下去，对你无益，会使你陷入‘借钱综合征’的。”我给他讲了一个故事，“南北朝时，有个北燕，北燕王高云重用豪侠壮士，最信任离班和桃仁。高云给了他们无数宝物，吃的住的，都和自己一样。离班和桃仁很悲愤，说：我们吃住和他一样，凭啥子他是王？愤怒的二人持剑入宫，杀了高云。然后，他们也被侍卫杀掉了……升米恩，斗米仇。太多的付出，有时反会激发出对方心中的恶。”他若有所思，他的“财富链”在我这里断掉了，虽然对我有些失望，但我的那些话还是在他心里产生了某种影响。

渐渐地，他就改掉了这个喜欢借钱的毛病。没了钱，自然，那些耗费精神的各种应酬也就少了许多，转而做一些其他的事。他擅长摄影，尤其喜欢拍摄日出，业余时间便去采风，有时候会喊上我。记得我们凌晨就跑到那座山上去等日出的场景，我睡眼蒙眬，而他却异常精神，把相机调好，时刻等待着那轮喷薄而出的太阳。“不，不是等待，是邀请。”他纠正我，在他眼里，太阳就是他心中的神，他要拿出全部的热情去邀请它。他现在的状态我很是欣赏，他已经彻底从过去的不堪和阴霾中走了出来，真的如那轮浴火重生的太阳一样，令人刮目相看。果不其然，昨天他接到了通知，他的这组关于日出的照片在全国摄影比赛中拿了大奖！

三分帮人真帮人，七分帮人帮“死”人。授人以鱼不如授人以渔。过多的帮助，会使一个人成为处处依赖别人的“废人”，失去生存的能力，终要被社会淘汰。所以，在帮一个人的时候，我们要做的，只是打扫天空，邀请太阳，还需要靠他们自己。

“要不是你让我改掉那个坏习惯，这么些年，不知道会变成什么样子呢。”获奖的第二天，勇给我打电话约我喝酒，在酒桌上感激地对我说。

“这是作为一个真正的朋友应该做的啊。”我说。

“不过，我要是弄个摄影展的话，免不了还是要向你开口借钱的啊！”他故意说道。

“没问题！”我应得干脆。我知道，现在借给他钱，不再是让他挥霍的，而是在帮他打扫天空，帮他扫出一条容得下万丈光芒的路。

然后，请他自己，去邀请那轮生命中的太阳！

第五章

草木繁盛，人间喧嚣

风是不睡觉的鸟

是风把整个夜晚连接起来。从一棵树到另一棵树，从一朵花到另一朵花，从一滴露水到另一滴露水，从一个梦到另一个梦。风神操着巨大的口袋，向外倾倒这些没有翅膀的乱飞乱撞的鸟。

这个夜里，只有风在穿行，在聚集，聚集之后再散开。

不管风如何暴躁，它终究还是感动了我。它似乎正在试图唤醒什么，像那些不停探究人类心灵秘密的大师。它把整个夜里的花朵放进摇篮，它把整个夜里的鸟赶往天堂。在爱还没有消逝的地方，它的长发，飘成了夜里令人感动的旗帜。它让我相信，在比夜更深的地方，一定有比夜更黑的眼睛，比风更沙哑的喉咙，比棋子更沉重的脚步，在凝视，在歌唱，在行走。

遥远的一点亮光是什么？是慈母等着疲倦的游子归来，是新娘为河对岸的新郎举着心灯，是失魂落魄的酒杯聚到一起，是回忆的萤虫辛苦积攒的灯笼……

我相信每一颗星星都有难言的心曲，相信每一块石头都有一个美丽忧伤的故事。我和风一样，是不睡觉的鸟，在夹缝里也能舞蹈，在低凹处依然积蓄着歌声，生命太美，它的每一个角落都让人不忍错过。

这样的夜，我把自己关在屋里。屋子的四周都是敞开的窗子，仿佛是那个全身都在漏水的古希腊诗人。风在我的屋子里自由地打着旋儿，欢快地舞蹈。我坐在屋子中间，任由风掀起弥散着古典气味的长发。我并不想在这个季节里留下言语，所以我默不作声，任凭时间滴滴答答淌成小溪。

我是个嗜睡的人，但今夜，我和风一样，都是不睡觉的鸟。自然中的清香调和成一种特别的气味，各种各样的鸟鸣是无须人来指挥的天籁之音，让我在敞开窗子的夜里醉了。

传说中有一种鸟是没有脚的，它们只能一直飞呀飞，累了就睡在风里。它们一辈子只下地一次，就是死的时候。

这便是我在这个夜里选择的姿势：坚持到底。坚持使我渐渐成为风，成为猎猎作响的胜利的旗帜。

我不忍睡去，我是不睡觉的鸟。我想和风一起，用自己的鸣叫唤醒那些美好的事物，陪着我生生不息地流淌。如果贫穷将我埋葬，我会禁不住放声歌唱；如果流言将我风干，我会等到鲜花怒放。我不是最早到达这个世界的人，但我是最不愿撤离这个世界的人，我珍藏这一切，包括黑夜，包括深渊。

这是一个需要用梦来交换的夜晚，在我胸膛里的火焰即将枯萎的时候，我把梦无私地交出去，唤回一个宁静得只有风声的夜。我放弃睡眠，放弃耷拉在枕边的梦，我对自己的心灵有过一个承诺，要给它自由，给它安宁。尽管贫穷，但要时时刻刻听着风声；尽管微弱，但要分分秒秒坚强地亮着。

风在夜里领唱，风把整个夜晚从零点开始分成两半：前一半是记忆的湖水，后一半是畅想的海洋。

月亮清凉凉的，像恪守妇道的贞女，把牌坊标榜到了空中，让尘世的眼睛接受礼教。在今夜的月光下，我是个眉清目秀的美人，一只口含香气的子规，因为我怀揣着世上最美好的心愿。

夜正在慢慢地整理书包，像一个急着放学的孩子，带上种种新奇的想法和少年的一丝梦想的灰烬向黎明的校门奔去。

在淡了一些的幕布上，我看见了另外两个和我一样不睡觉的鸟，一个刚刚走过荒原，一个坐在石头上，满目怅惘。一个是库切，一个是已经走远的路遥，他们正在试图唤醒沉睡的世界。库切眼中的生活就是不停地“在用鼹鼠打洞扒出的泥土造山”，他质问自己的灵魂：“所有其他的人都跟生活妥协了，为什么你就不能够？为什么你就不能够？”库切坚持着，在夜的黑里搜索着照耀人心的思想。路遥的早晨永远是从中午开始的，因为他要在夜里与平凡世界里的人们对话，他要在夜里躲避艰苦生活对他的打击。他们让我相信，这个世界是美好的，让人的心头始终悬挂着一盏灯笼。不管夜的黑绸裹住多少龌龊与卑污，不管灯红酒绿中又成交了几桩交易，毕竟是有黎明的。每一次的黎明都让人的生命为之一振，每一次黎明都为人的灵魂注射了一支钙针。

我从今夜渡过去，从一个思想的水面渡过去。我的身体是一个空空的筏子。我渡过去，鞋子却湿漉漉地留在这里。它暗示着，我仍将歌唱着上路，仍将展开自由的翅膀，守在黑暗的夜里，和风一样，做一只不睡觉的鸟。

落叶是疲倦的蝴蝶

夕阳老去，西风渐紧。

叶落了，秋就乘着落叶来了。秋来了，人就随着秋瘦了。

随着秋愁了。

但金黄的落叶没有哀愁，它懂得如何在秋风中安慰自己，它知道，自己的沉睡是为了新的醒来。

落叶有落叶的好处，可以不再陷入爱情的纠葛了；落叶有落叶的美，它是疲倦了的蝴蝶。

我甚至感觉到落下来的叶子们在轻轻地叫喊。

那一刻，我的心微微一颤，仿佛众多纷纷下落的叶子中的一枚。

我看到了故乡，看到了老家门前那棵生生不息的老树，看到了炊烟因为游子的归来而晃动。对于远走他乡的脚，对于飞上天空的翅膀，炊烟是永不能扯断的绳子。就像路口的大树，它的枝干指着许多的路，而起点只有一个，终点也只有一个。每个离开村庄的人，都带走了一片绿叶，却留下一条根。

我看到了故乡的山崖，看到石头在山崖上，和花朵一起争着绽放，看到羊在山崖上，和云一起争着飘荡。

我看到了我的屋檐，冬天时结满冰凌，夏天时絮满鸟鸣，一串红辣椒常常被看作穷日子里的火种。守着屋檐上下翻飞的麻雀，总是那么和谐地与庄户人家好好地过着日子。

时时刻刻缠绕着那颗在路上的心，就是这个屋檐。

我看到了母亲，为了不让我们在冬天里挨冻，她拾起一节节枯树的枝丫，犹如把那些破碎的日子一一点缀。然后，把温暖交到我们手上。

母亲的柴垛越码越高，母亲却越来越矮。

我看到母亲那双干瘪的乳房，像两只残缺不整的讨饭的碗，却为我们讨来了一生的盛宴。

母亲在灶坑底下点燃的红色的昏暗的火焰，成了那些夜里我们唯一可以依靠的小小肩膀，唯一可以握住的暖暖的手。

叶落归根，是我老了吗？我们花了很多时间去争取财富，却很少有时间享受；我们有越来越大的房子，却越来越少住在家里；到月球去然后回来，却发现到楼下邻居家都很困难；征服了外面的世界，对自己的内心世界却一无所知。

远行的人，是什么声音使你隐姓埋名，是什么风向将你吹往他乡？秋天就是这样，把叶子纷纷抖落，把人的思念纷纷挂上枝头。

是该回去了，去看看那棵生下我，让我因成长而绿又让我因成熟而黄的大树。还有在落叶里沉睡着的母亲。

母亲，我匆匆的脚步就是您密密缝合的针脚。

母亲，背着破烂行李的我要归来，找到了天堂的我也要归来。

一层层落叶铺在回家的路上，我要踩着温暖的地毯去看望母亲。母亲也像这落叶，从灿烂的枝头缓缓地落下来。只是，她没有再醒来。

这个世界，能留住人的不是房屋，能带走人的不是道路。岁月无法伸出一只手，替你抓住过往的云。如果一切还能重新拾捡回来，母亲，我要去拾取你的笑容、脚步和风，用你的爱做灯油，用你的善良做捻儿，我要点燃它，放到心里。一辈子不忘回家的路。

天冷了，树的叶子落下来，树离我很近。我似乎听见了它们在缓缓凝固。

天冷了，它们一排一排站着，心中坚守着的秘密一阵阵地疼痛起来，但叶子落下来，掩盖了一切。

母亲去了，心灵没有了依靠，一下子就有了那种到处漏风的感觉，可是大风一直在刮，把故乡周围的尘土刮了个干净。我小小的故乡正在被秋天所包裹。

母亲的坟上有一棵树，那是我写给母亲的诗。每到秋天，叶子就纷纷落下，把母亲的坟头遮盖得严严实实。那些在风中微微呻吟着的落叶，远远望去，像一群疲倦了的蝴蝶，静静地收拢着它们一生的美丽瞬间：一朵红晕，一个誓言，或者是简单的一声叹息。

雪花，春天的邮戳

刚开始的时候，雪花是猫着腰，蹑手蹑脚着来的，似乎要给你某种惊喜。待你敞开了门扉和胸怀欢迎她的时候，她已经开始不拘小节，大摇大摆起来了。这正是她可爱的地方，多大的雪都不会恼了我。不管什么时候，在我眼里，飘舞的雪花都是数之不尽的好消息。我相信她是春天的邮戳，她贴着我的额头，附着我的耳畔，与我耳鬓厮磨，转瞬间便融化了。雪花匆匆地来去，只为提醒我，春天的幕布已经拉开，准备好你的节目了吗？

我淹没在那些幸福的白色花瓣里，不想靠岸。不得不承认，雪是我生命中的“精灵”，作为一个美丽的意象不止一次出现在我的文章里。我如此深地爱着它们，如信仰一般，我的虔诚，神圣至极。世界太大，我只要守着一片小小角落，捧着小小的六个瓣的雪花，便已找到心灵的天堂了。

相反的，有一个不到 20 岁的孩子，对雪却是厌恶至极。他是我常去的一个小饭馆里的小服务生。每次下了雪，都听见他向天空咒骂着，那些恶毒的语言与他清俊的脸孔极不协调。在他看来，那漫天飞舞的不是雪花，而是令人生厌的苍蝇和蚊虫。

我堆在门口的雪人也常常遭到他的蹂躏。这些都是他少有的反常行为。

因为平时在他的脸上总是看不到任何表情——不会热泪盈眶，不懂笑靥如花，一副很标准的扑克脸。人们从不解、好奇、厌倦，到最后认定他根本就缺少基本感情。孤僻又冷漠的孩子啊，人们看他的眼神开始变得嫌恶。

冰心曾经借她文章中的人物的口说出这样的话：世界是虚空的，人生是无意识的。人和人，和宇宙，和万物的聚合，都不过如同演剧一般，上了台是父子母女，亲密得了不得；下了台，摘了假面具，便各自散了。哭一场也是这么一回事，笑一场也是这么一回事。与其互相牵连，不如互相遗弃；而且尼采说得好，爱和怜悯都是恶。

有人问他，那活着还有什么意思，死了，灭了，岂不更好，何必穿衣吃饭？

他说，这样，岂不又太把生命看重了。不如行云流水似的，随它去就完了。

这个人未免太消极了。当然，这并不是冰心本人的世界观。但她描写的这个人的这种心境与这个小服务生此时此刻的心境竟完全一样，他们的冷漠在遥远的时空里不谋而合。

直到那场大醉之后，我才窥探了他心底的苦痛。那天是元旦，天空飘着零星的雪花，有些出奇的冷，人们都偎在家里，用亲情烤着火。饭馆里除了我，没有其他客人。我喜欢在下雪天里喝点酒，但一个人有些无趣，示意让他来陪陪我。在老板的允许下，他喝了酒，不胜酒力的他喝了二两小烧便将心底的哀伤吐露无遗。我第一次看见他哭了，他的眼泪让我确信他身体里的血依然是热的。他说他从小就没了父母，一直和奶奶相依为命。奶奶上了年纪，却还要到处收破烂供他读书。这样的书他读不下去，他自作主张，卖掉了他的课本做路费，来城里打工。当他买了很多好吃的和很多新衣服回去的时候，发现奶奶正守望在门口，已经变成了僵硬的雪人！有人说，少年的情怀是最真的情怀，是的，我看到和听到过无数煽情的场面，但他的故事却那样令人心痛。他的哭泣久久盘旋在我的耳边："奶奶说她不要好吃的，不要好穿的，只要我陪在她身边，奶奶无时无刻不在等我回来。可是，她没有等到。"

他说，都是这该死的冬天，该死的雪，带走了奶奶。他指着那些贴满窗棂的大朵大朵的雪花，不停地诅咒着。

这就是他怨恨雪的原因。可是，他多么深地冤枉了雪花啊。他的咒骂，让我心疼。

“真正让奶奶冷的，是你不在她的身边。换种角度讲，奶奶走的时候，披了厚厚的雪，是不是也会很温暖呢？奶奶不在了，所以你更要勇敢地活下去。”我为雪花辩解着。他喝了大大的一口酒，使劲地向我点着头，泪光闪闪。

雪没有罪，有罪的是命运。我竭力在为雪花洗清冤屈。

我和他走出屋子，站在雪地上，像一张白纸上的两个标点符号。他从没有像今天这样对雪花充满敬意和怜惜之心，他伸出了双手，张开了怀抱。我们想堆个雪人，可是积雪太薄；想到雪地上打个滚儿，又怕雪花们委屈。只好就那样在雪里呆呆地立着，任雪花落在脸上，融进心里，轻声叨念着一些随着雪花在飘的，亲人的名字。

我让他去亲近雪花，只想让他相信：每一个六角型的花瓣，都是春天的邮戳，告诉我们，再深重的苦难，也不能压垮春天。

世界的表情是丰富的，有时冷峻，有时温和；有时调皮，有时哀伤；有时黑白相间，有时姹紫嫣红……人呢？不能总是待在冬天里，只戴一顶叫作冷漠的帽子。

孩子，扔掉你的帽子，再挺挺吧。

和草木谈心

从一棵草开始。从一棵草的摇动开始。目测它有几寸的腰身，如同目测心仪的女子，什么尺寸的旗袍于她而言才最合身。从一棵草的摇动，去捕捉风，这疯跑了一夜的家伙，此刻，正躺在草丛里，拥着蚂蚱、草蛉和金龟子，无忧无虑地酣眠。

不知名的小野花们，蹑手蹑脚地开着，让匍匐已久的一方山水，站了起来。草儿们欢欣鼓舞，不在意人类的赞美或者鄙夷，长一寸是一寸。

草木会自己梳头，也会拥抱着自己舞蹈，草木自有草木的风骨，无须人类去自作多情地照顾。你看天上，五级风正在搬运一片白云；你看风里，礼貌的小草不停地点头致意；你看花间，蜜蜂们拥挤着，吸吮生活的蜜。

诗人们也拥挤着，赞美生活。同时发出他们的疑问：你只看到了叶子的绿和黄，你看到叶子的慵懒了吗？你只看到了月亮的圆和缺，你看到月亮的寂冷了吗？

掉落在地上的那枚松针，那么细小，谁也不会相信，它正在撬动森林。庞大或细小的寂静草木，始自深情的根植，兴于兢兢的生息，恪守着内心的丰盈。

冯唐说，没有花草，我靠什么形容她啊。看吧，草木还可以辅助人们去恋爱。

桃树没有因灿烂的花朵坠落而悲痛欲绝，它在等待叶子再一次莅临枝头；它知道自己生命长久的岁月里，是平常的绿色和饱满的果实，而非粉红色的一时惊艳。

这一切都告诉我，如果没有草木，江山成何体统？

朱光潜在《厚积落叶听雨声》中说，人的最聪明的办法是与自然合拍，如草木在风和日丽中开着花叶，在严霜中枯谢，如行云流水自在运行无碍，如“鱼相与忘于江湖”。

与自然合拍，甚好。人间草木都是我的亲人。

一只蝴蝶和一朵花，相互凝视，就如同美人在照着镜子。我想，一个人凝视深渊太久，也将濒近深渊；凝视一朵花久了，就会变成一只蝴蝶。

高的树和低的树有什么区别？高的草和矮的草有什么分别？都是一样在接受风的抚摸或者鞭打。自然万物，不分高低，从无高贵与卑微之分。这就是我们需要向草木学习的地方。

所以，我们需要去花草中坐下来，和草木谈谈心。与山水交友不累，和草木谈心最真。和草木谈心，才能忘了尘世的烦忧。炫富者，为富不仁者，都是令你极度厌恶的对象。很多人都讨厌成功者，但往往讨厌的不是成功本身，而是某些人成功之后那副盛气凌人的嘴脸；尤其是，他们利用成功之后获得的金钱、权力、名声等，去欺压和凌辱别人。当然，也有一种烦扰来源于你自身的劣根性，你的朋友失恋又失业，你感觉很糟；你的朋友升职又加薪，你觉得更糟。

秋后的沉寂，更有哲学的况味。这时，去看满山的枯木和荒草，比看那些争艳的花朵更有趣。草木老去，只是一瞬间。草木返老还童，也是刹那。

非常佩服约翰·缪尔，觉得他是真正的自然之子。一次，他和爱默生骑马穿越森林，不断让爱默生留意兰伯氏松，指出这些树像国王和牧师一样尊贵，它们是所有森林中最雄辩最不容置疑的布道者，在四周围满的祈祷者中它们伸出年龄有一个世纪的臂膀，进行着祷告。只可惜爱默生由于身体欠佳，意兴阑珊。在一座高山上，约翰·缪尔与满天繁星共度一夜，黎明时带着清新的心境走下山去。他说，将来，无论你的命运如何，无论你遇到什么，你将永远记住这美好、自然的景象，当你回忆起你在这片古老而又神奇的大地上所做的游历时，你的心中永远都会充满喜悦。

人需要向草木学习的地方还有，它们只要遇到阳光和雨露，总是一点也不浪费，把每一寸阳光和每一滴雨露都用到极致，以完成这难得的存在。

所以，大自然才是最伟大的艺术家，人间的一切，均是它的杰作。天阔，水蓝，一行白鹭，风吹草动，万物如此般配，比例协调。画家和诗人再伟大的杰作，都不过是在照搬而已。

既然如此，就坐下来，静静地看这伟大的艺术家是如何创作的，看它挥洒阳光和雨露，握着万千草木，一挥而就。坐下来和草木谈心，你会发现，身体里仿佛也生着草木，也在随着季节繁茂或者凋枯。我也愿意像约翰·缪尔那样，做一个心中有草木的人，让耳边时刻回荡着布谷鸟的欢叫……可是此刻，我却更为关心，到底什么样的风，可以把脏乱的人间再一次吹蓝？

今天花儿休息

今年的花迟迟不开。不怪它们，乍暖还寒的天气，让它们刚一露头，便又缩了回去。像小时候的冬天早晨，我们刚钻出被窝，又“嗖”的一下钻回去，再眯一会儿吧，等阳光把屋子里烘得暖一些，再起床也不迟。

小米粒儿问我，春天都到了，我们什么时候才能去看花儿啊？

我告诉她，再等等，这些睡懒觉的花，要养足了精神才肯来见我们呢！

原本定好周末陪孩子去看迎春花的计划又搁浅了，连绵不绝的雨，让人心烦意乱。小米粒儿也不免情绪低落，原本攒足了劲儿要好好疯玩一次的，看来又只能在家里望雨兴叹了。

为了安抚那颗小小的失落的心，我只好放下手头的工作，陪她玩耍。

小家伙玩高兴了，慢慢淡忘了清晨的那份失落。

我故意逗她：“今天没有看到花儿，还难过吗？”

她仰起脸很认真地说：“今天花儿休息，咱们下次再去吧。”

看不成花，只好陪孩子去看电影。第一次领着小米粒儿走进影院，看 3D 动画片。小米粒儿被逼真的动画所吸引，以至于我的暂时离开都没有注意。我只是想做个小小的测试，想看看自己忽然不在身边，小米粒儿会有什么样的反应。

邻座的女人很配合地对孩子说：“你的爸爸没影了，你咋还看得这么来劲儿啊！”

小米粒儿“哦”了一声，然后像什么都没有发生一样，眼睛都不舍得从大屏幕上转过来一下。

孩子的心，终究是禁不住那种新奇的诱惑啊！

过了一小会儿，邻座的女人再次提醒她：“你就不担心你爸爸找不到你吗？”

“不会的。”小米粒儿说，“我和爸爸捉迷藏的时候，再黑的地方，爸爸都会一下就找到我。”

孩子，是最暗的夜里，最亮的光。

天终于放晴。领小米粒儿去公园，她兴冲冲地跑到一朵花跟前，蹲下身，伸出双手。我以为她要摘那朵花，刚要制止，却发现她并没有去毁坏，而是轻轻地托起那朵花，把嘴唇凑上去，闭上眼睛，小米粒儿在吻那朵花！吻过之后，定睛地看了好一会儿，我不免好奇地问她在看啥？她说她要记住这朵花的样子。“那怎么记得住，同样品种的花都是一样的。”“不，不一样。”小米粒儿坚信自己吻过的花，就是不一样。“因为多了我的一个吻啊！”

再去那个花园，小米粒儿跑到上次那个地方，噘着嘴，有些伤感地说：“我吻过的那朵花不见了，她也不跟我说再见就走了。”

我告诉她，凋谢的那朵花明年还会再回来的。“她只是回去睡一个长觉，因为她盛开了一个夏天，也很累，也需要休息啊。就像小刺猬和小松鼠的冬眠一样。”

“啊？花也冬眠吗？”

“是的，花也会冬眠。”

“那么，她是不是也会做梦的啊？”

“嗯，是的，花也会做梦。她的梦应该就是自己在夏天的灿烂吧。”

我清楚地知道我在和小米粒儿撒着弥天大谎，并且灌输着错误的知识。但是，我并不为此担心，因为我知道，知识可以靠孩子日后去学习，而诗意却要从现在就开始栽种。

拥有一颗诗意的心，对孩子很重要。

“嗯，明年她回来，我一眼就会认出她来的。”小米粒儿恢复了快乐的神情，“因为我吻了她。”

那是我见过的最美的景象，我用最高的像素把它印在我的心底：一个蝴蝶般美丽的孩子，低头亲吻着一朵花！

我相信，一个孩子的吻，会俘获一朵花的心。孩子会记住那朵花，那朵花也会记住那个孩子，他们会在下一个轮回里相互寻找，彼此相认。

除了月亮，请关掉多余的光

今夜，月亮跑到大街上来，四处寻着酒幌子，它来买醉。

今夜，月亮是红色的。垂得很低，仿佛隔壁人家院子里的大红灯笼。

要挨着地面了。那地面上似乎有着某种吸引它的神秘味道，让它不停地嗅来嗅去。

那是无比亲和的月亮。仿佛喝醉了酒的王宫里的贵妇人，跑到人群中来，弯下腰，和普通的百姓们热切地唠起了家常。

今夜的月亮，是有着泥土气息的月亮，是有着浓浓的生活味道的月亮，我爱极了它。

大街上，怎么有那么多人陪着它在醉啊！

我听见一个人对另一个人说："喂喂喂，站稳脚跟，别摇晃得厉害，小心撞到你脑瓜门上的月亮。"

另一个嘻嘻哈哈："我倒巴不得撞上呢！那样我就顺势爬上去，看看嫦娥在家没？让她陪我再喝一杯。"

满大街的酒气都没有熏跑月亮，反而让它把头垂得更低了。月亮，难得这么放下矜持一次，走下神坛。可是我们很快发现，这样的月亮反而需要我们更虔诚地仰视。

"月亮出来买醉！这说法多么可笑，我看你是醉得不轻！"

"就是,我们怎么没看见？怎么就独独你看见了醉了的月亮？"

我被朋友们揶揄着。

谁人能懂一颗微醉的心？其实，当你用这样的一颗心去品味生命，你会发现，人世的每个角落都藏着酒香。这大概也就是有读者说我的文字里有芳香的缘故吧！与那熙熙攘攘追名逐利的人比起来，我不过是把灵魂当成欲醒的婴儿，怕他哭闹，多拍了几下，让他多睡一会儿罢了。"乖，睡吧，外面的事，与你无关。"

你自以为看过太多，也感悟得太多，事实是，你看得见繁华，看不见生命无可依赖的惊恐；看得见人群，看不见彼此擦肩而过的苦衷；看得见杯觥交错的放纵，看不见美人迟暮的惊心……所以，关掉自以为是的眼帘吧，它并未给你照出多少柳暗花明的路来。

今夜，除了月亮，请关掉多余的光。关掉微信，关掉 QQ，关掉直播；关掉思念，关掉梦想，关掉祷告；关掉贪婪，关掉觊觎，关掉情欲；关掉哭泣，关掉微笑，关掉心愿；关掉一朵花，关掉一阵风，关掉一首诗……我不再担心夜的短，尽管它短得让人不忍心闭上眼睛。

关掉，是为了更好地打开。让思想在幽深处小醉一番，会带给你不一样的惊喜。哪怕最小的手电，也能发出令你顿悟的光。

你可以不具备制造光亮的能力，但请务必保有一颗接纳光亮的心。不用抱怨好日子没几天，好朋友没几个，没去过巴黎，没到过纽约，没在比萨斜塔的影子里站得笔直，没吹过阿尔卑斯山的风，没踩过乞力马扎罗的雪……但是，你得相信，你依然可以是一个蕴藏着无限风景的人。

经营好你的内心，那里就会成为你的花园，花香流淌，鸟语弥漫，月光堂堂。

没有人知道，你看见了别人没有看见的雪，你抚摸了别人没有抚摸到的风。

质地柔软的月光，谁不想抓上一把，铺撒到自己的脚下，或捧在温热的手掌，一寸一寸，暖着身心。

但是你错了，月光不是用来取暖的，月光不暖，甚至有些清冷。

月光不是篝火，是篝火过后的灰烬。你轻轻一触，就能看到漫天飞舞的银屑。

世界需要燃烧，也需要灰烬。月光是用来给你降温的。

它用阴晴圆缺告诉你，人生里的一波三折，命运里的诡异无常，都是无可避免，再正常不过的。

今夜，除了月亮，请关掉多余的光。

在月光下，我听到一首温婉的歌：有多少人会打开窗，有多少人痴痴地望，那么蓝的月亮，那遥远的月亮。

在月光下，我读到一句豪迈的诗："今夜我必须自斟自饮，向我的孤独谢罪。"

天再暗，都请不要开灯。给眼睛放个假，让耳朵加个班。听一听这夜里，惆怅的月亮，向人间倾诉了怎样的衷肠。

我要租赁一天的大海

一直把大海的蓝色看成是灵魂的颜色。

记得此生写的第一首诗就是关于大海——

大海，可否借一朵浪花给我？
只要一朵，只要一朵，
洗我仆仆风尘，
慰我舟车劳顿！

今天，终于走到了大海的脚边，终于可以狠狠地甩出我的忧伤。我的无边无际的忧伤，空旷的原野无法接纳，幽深的山谷不能容下；只有大海，可以轻易地将它粉碎，成一朵微乎其微的小小浪花。

今天，一朵浪花已满足不了我，我要整个的大海，哪怕只有一天。

我要租赁一天的大海，我要把痛苦打包，成吨成吨地抛洒，卷起无边的雪堆。

我要租赁一天的大海，我要把我的亲人们接来，在一朵一朵的浪花中间，穿行。

我要租赁一天的大海，洗一洗我在陆地上的那些日子。那些日子里，无边的黑夜就像深不可测的伤口，一旦打开便无法缝合；那些日子里，我形单影只伫立在流言的风口，如同一棵迈进深秋的枣树，为了清白，举着红色的誓言；那些日子里，因为失意，我总是冷的，即便是最热的夏天，也要守着一堆空酒瓶子取暖。它掏尽我的心思，我掏空它的胃……

我要租赁一天的大海，安顿我的灵魂。不管世界如何变化，总会有人浮出水面，总会有人沉到海底。“千金散尽还复来”，钱可以变着法地赚，可是情感呢，散去了还赚得回来吗？

李敖说，喜欢你喜欢的，打败你不喜欢的，活过你讨厌的，这样才不算白活。如今的我对生活，不轻易言爱。周而复始的忙碌和循环往复的奔波，时常让我觉得索然无味；有时，我依然还会愤怒，却少了暴怒的力气。但某些时候，我会突然站定，抛开手中的一切繁杂，沏一壶茶，捧一本书，淡定而逍遥地度过一个下午。

我知道，从大海那里带回来的一朵浪花，已深深住进我的心里。

周国平说：人过中年，就应基本戒除功利心、贪心、野心，给善心、闲心、平常心让出地盘了。人最宝贵的东西，一是生命，二是心灵，若能享受本真的生命，拥有丰富的心灵，便是幸福。一个人把过多的精力给了物质，就没有什么闲心来照看自己的生命和心灵了。

这世上有多少默默工作而不被理解的人，有多少深深爱着，却被拒绝的人，有多少把一切悲哀和痛苦溶于微笑，又匆匆上路的人。我要租赁一天的大海，把他们统统都带上。

我要租赁一天的大海，我要去那海水中打捞， 个人的地老，两个人的天荒。

我要租赁一天的大海，我要用所有的浪花，来缝补世人心灵。

我只想配得上这春天

周末，常征大哥和我说："春天来了，去郊外走走吧！"

我问："去了那么多次，就没有看够的时候吗？"

"一朵花，你用心看，每次看都会看出不一样的东西来。"这是他的理论。

为了一朵毫不起眼的小野花，他会趴在地上，屏气凝神，举着相机，认真调着焦距，像捕捉战机的武者，风声鹤唳。

他热衷于旅行，但并不向往名山大川，他只喜欢朴素的事物，比如斑驳的旧城墙，比如古老的木门、磨盘和井，都是他镜头里的主角。他喜欢去郊外，一块石头，一棵普通的花草，都会令他欣喜不已。他喜欢野营，喜欢山里的夜晚，喜欢在帐篷里听着山林里的各种声音。

有一次受邀去乡下一个朋友家，晚饭后，忽然兴起，嚷嚷着要点篝火。遂点了人家半车的柴火，在妖娆的火焰旁，对酒当歌，好不快活。害得人家再不敢轻易邀约。

“春天，怎么可以没有火焰？”酒醒了，他却死性不改。

春天，是花朵的通道。要多少级的地震，才可以掀翻春天？

谁那么羞赧，袖里藏着香，迟迟不肯迈出闺房？谁又那么急不可耐，欢呼跳跃着跑出来？

不一样的花朵，写的是不一样的诗。

花朵无须修饰，一样美丽。

哪一片天，能肆无忌惮地蔚蓝？

哪一朵花，敢破釜沉舟地怒放？

谁又能在春天里说出最大胆的遗愿——我要在春天死去，那样，裹尸布上就会铺满鲜花！

晚饭后和妻子去公园锻炼，春天的气息已经很浓了。树尖上都已经胀满了小芽包，等不及几天，就会像爆米花一样爆出一朵朵鲜艳的花精灵来。

妻子说：“我要去买几件鲜艳的衣服！”

一向素雅的妻子，怎么也俗气起来？我充满疑惑。

妻子说：“我只想配得上这春天。”

你有没有那样的时刻，想一个人，漫无目的的，想去一个不知道是什么地方的地方。

想要拥抱陌生。

反正我有。不止一次。

那样的漫行，是属于灵魂的乌托邦。

你问我哪里的风景最好，你问我想带你去什么地方。我说，我想带着你去迷路。不要出口，在森林里住下。

或者，带你去乌有之乡。就像真正的香格里拉是乌有的，它在人的心上。每个人都有属于自己的乌有之乡，那是灵魂的桃花源。

去那乌有之乡，去脱离，去洗净，去获得鸟一样的自由。

岳父带来了艾蒿，让我们洗澡的时候放点儿进去，可以除风祛湿。我才知道，除了驱赶蚊虫，艾蒿还有那么多药用作用。

转过身来，我便羞愧了。因为我每天吃的米和蔬菜，有时却不如一棵艾蒿草更有用！

山路上行走的人，不外乎那么几种：已经生了病的人，要锻炼，让自己康复；怕生病的人，锻炼身体，爱惜自己；胖子，忙着减肥；瘦子，担心自己胖起来。

而在我的思想里，一个人胖和不胖，完全不是脂肪的多少。活着的人啊，只有用真理束腰，看上去才会显得苗条。

沿途，下水道的井盖都盖上了红纸。我知道，又有一对新人，要打此路过。这是多好的事啊，我忍不住轻触了一下那红纸，我想沾沾喜气。

属于春天的，就任它璀璨；属于海洋的，就任它汹涌。

热闹的街市旁的丁香花落得早，山路旁的丁香依然盛开，久久不落。

大概，闹市区的丁香沾染了太多人的味道，那香气便也俗了吧。

风中飘荡的虞美人花，仿佛把美人与末路英雄的对话吹送到我的耳边："做不成你的虞姬，就开成你金枪上的一点红缨，或者，你剑锋上的一滴血吧。"

隐匿的蝴蝶

蝴蝶坚信自己可以修炼成仙。因为它从一个虫子，魔术一般变成了美丽的蝴蝶。所以，它觉得这种奇迹，可以在自己身上再发生一次。于是，它把死亡当成一场睡眠，欣欣然合上翅膀。期待着醒来之后，可以变得更美。睡着的蝴蝶，再没有醒过来。可是这又有什么关系，就当是一个梦，做得更长久些罢了。这大概也就是庄子梦见蝴蝶之后的想法，淡泊名利，看轻生死，活得轻盈而曼妙。

一只蝴蝶受伤了，一个女孩就把它藏到了头发里。从此，那蝴蝶再也不肯飞走，总是喜欢停落到她的发梢。它与美丽的女孩相得益彰，蝴蝶似乎没有死去，它在女孩子的头发上，绚烂地活着——据说这是蝴蝶发夹的由来。

电影《西线无战事》的结尾，因为一只蝴蝶而被人津津乐道。与其说保罗死于一颗子弹，不如说他死于对一只蝴蝶的迷恋。蝴蝶在影片中出现了两次，一次是保罗归家看到墙壁上的蝴蝶标本而回想起儿时的快乐时光。第二次就是影片结尾，保罗守在战壕里，只有一支来复枪和他做伴，此时飘来一段悠长而孤独的口琴声，保罗从战壕中看到，在一只废弃的马口铁罐头旁，有一只蝴蝶轻轻地扇着翅膀！这个在死亡阵地的一丝微弱的美丽打动了保罗，保罗在战壕里想伸手捉它却够不到，于是他没有任何顾虑地从战壕里爬出来，却被对面的狙击手射中。

此时的蝴蝶早已不局限于本身的意义，它的象征性不言而喻，它是美，是和平，是生命与希望。主人公并不是因为英勇杀敌而战死，却为一只小小的蝴蝶而毙命，在众人看来他死得一点也不伟大，但是对保罗而言，这是他生命中的少数的美好时刻。他与蝴蝶一起，定格成永恒的标本。

汉武帝喜欢李夫人，不论生前还是死后，可以说是刻骨铭心，因为什么呢？就是临死，汉武帝要去看她最后一面的时候，李夫人用棉被包着头，不给汉武帝看到。因为病中的她容颜憔悴，她不给他看自己狼狈的一面。这样，汉武帝的回忆里，就永远都是一个美丽的画面，心中，也永远都是李夫人倾国倾城的样子。

她只想留给他最美丽的一面，她想做一只永远年轻而健康的蝴蝶，生生世世，永不凋零。

迟子建的小说《世界上所有的夜晚》有个很幻美的结局——女主人公的魔术师丈夫车祸去世，她用行走疗伤，探触到人间一幕幕更为深邃的哀伤。在经历了那一切之后的某个早晨，她打开丈夫的刮胡刀盒子，里面竟然飞出来一只湖蓝色的蝴蝶。有如精灵一般的蝴蝶，落在她右手的无名指上，像是一枚蓝宝石的戒指，唯美永恒。她把那蝴蝶当作是魔术师丈夫为她变的最后一个魔术，她的内心因此而涅槃重生。

在西双版纳的蝴蝶园，傣族的导游带我们观看蝴蝶的人工孵化过程，从卵到成虫到破茧而出，大约需要 45 天，而长了翅膀翩跹起舞的蝴蝶，寿命只有两周。没有想到蝴蝶的生命像花朵一样短暂，像花朵一样绚烂盛开，像花朵一样旋即凋谢。落红满地，令人伤感，而蝴蝶隐匿了死亡，不见它消失的痕迹，如同大象寻找不到它的坟茔，我们看到它永远在飞，在风中舞蹈。

没有人把毛毛虫与美丽的蝴蝶等同，但是，毛毛虫占了蝴蝶整个生命周期的四分之三，孕育的过程比绽放的时间长。蝴蝶羽化的过程，让我们感到一个新的幼小的生命诞生，却不知其生命已然度过了大半。蝴蝶的美，是它在生命的最后时期，没有龙钟老态，没有步履蹒跚，死亡让生命变得非常浓烈，像西边的晚霞，像经霜的红叶，达到高潮戛然而止。

感谢世上有蝴蝶这样一种生物，让我懂得忏悔，那么多美丽的翅膀在飞，而我，却死乞白赖地躺在早上八点的藤椅里，酣然入睡；感谢蝴蝶，让我懂得珍惜，用有限的人生活出自己想要的精彩。

此刻，蝴蝶落在我的白纸上，像一张邮票，等着把我的爱意邮寄给余下的时光。可是，我的信迟迟没有开头。我想，我也该开头了，不然，蝴蝶该睡着了。

樱花树下的亲人

三月下旬去了南京，朋友一再提醒说，万不可错过了鸡鸣寺的樱花。

我是独自一个人去的鸡鸣寺，从鸡鸣寺到和平门一线有一段颇为美妙的樱花路，路两旁都是密集的樱花，衬托着古雅的鸡鸣寺，显得别有韵味。

此时的樱花开得正盛，如雪如云，蔚然一片，十分壮观。给人一种突如其来、满目灿然的视觉震撼。

盛极而衰是一种必然，空中已经开始有了纷飞的落瓣，让人闻到了一种离别的味道。经历过许多大场面的我，此刻，竟然无端端伤感起来，不能自已地落了泪。我想把所有的亲人都唤到身边来，因为樱花让人想到生命的短暂，想到别离，想到珍惜和爱。

可是樱花自己，看不到这种悲伤。空中飘落的樱花，更像是它们临终的舞蹈，仿佛朝生暮死的蜉蝣，一整天的狂欢，根本无暇去写忧伤的诗。

最美的，便是这将死的樱花。纷纷扬扬，铺天盖地。一朵朵细碎的花瓣，如撒满人间的悼词。这是一个因怀念而哀伤的季节，也是一个因怀念而欢欣鼓舞的时节。

任何一场风都可以把它们带向死亡。所有人都以为是风吹响了死亡的号角，其实不然，奔赴死亡之约的是它们自己。

世间的花，无不因绚烂而美，花开荼蘼，是绚烂中的绚烂。唯有樱花，以落为欢，以死为生。它对于死亡的从容，是令人为之汗颜的。

郁葱、清浅、浩瀚、渺茫，一片粉色挟裹着的金黄。

我在樱花树下小憩，一定会梦见遥远的雪，这无法在轮回里重逢的姐妹，定会在我的梦里相认。它们凝视着对方，以对方为镜，照出前世和今生，照出冷暖，照出悲欢，照出自己的绚烂和凋零。

小林一茶的俳句里有比樱花更惊艳的句子：樱花树下，没有陌生人。

在这几个字里，我看到的是无比温暖的场景——富丽繁华的樱花树，光明的小径，相携而行的老夫妇，给野猫喂食的少年，一个和尚，在清晨的溪水边，打捞一件漂走的衣衫。

小林一茶，一个似乎腰板总也直不起来的小老头，长得特别着急的人，他的作品和举止里有着旁人难以想象的纯真。他的一生受尽命运的嬉笑玩弄，却始终选择着热爱这个世界。

他生于日本的一户普通农民家庭，3 岁丧母，8 岁父亲再婚，10 岁有了异母弟弟，他饱受后母虐待，后被赶出家门。至 25 岁时拜二六庵竹阿为师，开始学习俳句，随后四处旅行，流浪半生。

“和我一起游戏吧，没爹没娘的小麻雀。”他人生的第一首俳句，尽显孤苦，但也体现出他的悲悯，他喜欢和动物以及植物们做朋友，常常把他们写进俳句里，温暖而美好。

他直到 52 岁才结婚，所生的三个男孩和一个女孩皆早夭折。61 岁时，妻亡。小女儿夭折后，他写下：我知这世界，本如露水般短暂。然而，然而。

然而什么呢？然而人生还须尽欢尽言？他没说，他把到了嘴边的话又生生咽下，用尽一生的勇气去面对自己一个又一个的不幸，而这次轮到他面对的，是自己和颜悦色下掩盖的满目疮痍。他最后一次试图说服自己，然而已再无底气。

晚年的时候，家乡柏原大火，家被烧毁，他只好居住在幸存的一小间储藏室里面，不久之后病逝。早年辛酸，晚景亦是凄凉，命运似乎未曾眷顾过他。即便如此，小林一茶依然在破陋的储藏室里写下：真美啊，透过纸窗破洞，看银河。

他知道人世的短暂，所以用他的纯真，好生供养。即便命运给了他那么多悲苦辛酸，亦从容不迫，静以待之。他以万物为人，一切都是亲友。

他的人生如露，更如樱花。但愿世人可以懂他，樱花树下，没有陌生人。

愿世人皆可放下恩怨，让心清明、豁达，在樱花纷纷飘落的樱花树下，携手相爱。

在一只鸟的瞳孔里

冬天的树枝上，那只蹲守的麻雀，从下往上看，在天空的巨大背景下，它就是一滴墨。夏天，叶片葳蕤，还是同样的麻雀，却如同一朵花。同样的事物，在不同的环境里，是可以改变心境的。你看见一滴墨的时候，首先你也是一滴墨；你看见一朵花的时候，你也成了一朵花。

麻雀在地上的时候，像偷食的老鼠，一边盯着地上的粮食，一边四方观望，小心提防。冬天的麻雀，为了节省一点体力，从不轻易打开翅膀。可是某个早晨，它向我的阳台飞来，速度极快，仿佛是在捕捉它的猎物。是什么，令这小鸟逆着风，向我的窗子扑来，仿佛吻火的飞蛾？我不想要答案，我只想看着它逆风飞翔的姿势，被风吹散的羽毛，终将重新被风捋顺。

它如此近距离地停落在我的阳台，仿佛与我倾诉衷肠的久别好友。我在它的瞳孔里，看到了作为人的我，稍显凌乱。我不知道，在我的瞳孔里，它是否看到了，作为鸟的它。

再大的风，也阻挡不了一只鸟奔向它认为的妙境。再大的风，也吹不走，留存在人间的美好。人不想说的话，风来说；人越不过的禁区，鸟去飞。

夜莺的歌声里，带着天然的安眠药。而麻雀的欢叫里，自带了闹铃的叫醒功能。乌鸦沉睡，喜鹊醒来。沉重与欢愉，交替着到来，这才是生活该有的样子。

风吹过，庭院空了；风吹过，庭院又满满当当。风再喧哗，也吹不灭一颗星星。如果鸟不想飞，再大的风也吹不跑它。

天黑了，乌鸦很快就融入了夜色，看不见翅膀，却听得见它的扇动，就像一滴墨，溅入墨池里。风猫在窝里，伺机而动。给它几滴酒，它就耍起了酒疯，披着大袍子，横冲直撞。

我肆无忌惮地向天空嘶喊，每喊一句，就有一只麻雀飞过，它要擦掉我粗鲁的声音，我打扰了它们的天空。

由立体主义绘画大师毕加索开创的立体主义绘画风格非常美和别具一格，但就是这样的美又往往让人感到抽象和难懂。对此，有人请教毕加索大师说："我看不懂您的绘画，您能给我解释一下吗？”毕加索旋即问对方：“你觉得这些画美吗？”对方回答说：“当然美。可就是不知道它说的是什么意思？”毕加索又问：“你听过鸟叫吗？你觉得鸟叫的声音好听吗？”对方回答：“好听。”毕加索进一步启发对方说：“那你懂得鸟叫是什么意思吗？”

我们听不懂鸟叫的意思，但我们听得懂，那里面的美好。

黄昏的时候，总能看见对面的老人，在阳台的藤椅里坐着，窗下挂着一个很大的鸟笼，里面有一只金丝雀。那是一颗孤独的灵魂，听着鸟鸣，看一些事物，慢慢凋零。

米粒儿很喜欢那只金丝雀，每天也都会在阳台上，听它天籁般动听的叫声，看着它在笼子里上蹿下跳。

在另外的地方，我看见一只鸟在火红的鸡冠花上方飞来飞去，就好像在一朵火焰上方蹦蹦跳跳。

今日的喜鹊，是明天的好运。此刻的乌鸦，是昨日的悲伤。

你听过一只鸟和一条鱼的对话吗？

鸟说，鱼多么欢快，在海底，无拘无束地游；鱼说，鸟多么愉悦，在天空，自由自在地飞。转而，它们又各自改变了看法。鸟说，鱼的眼泪太多，同时冲走了蓝白黄灰黑五种记忆；鱼说，鸟儿翅膀下的风太急，使它永远够不到它想够到的云朵。

渔网多了一个破绽，是渔夫的叹息，却是鱼儿的欢欣；猎枪坏了一个零件，是猎人的遗憾，却是鸟儿的庆幸。

你在雪地上扫出一片空地，撒上粮食，为鸟儿设下陷阱。雪那么白，却没能盖住你的黑。鸟儿却并未上当，不知道是鸟儿聪明了，还是你的黑太过显眼。那一天，鸟儿不知去向。你也迟迟找不到回家的路。星星都回来了，你却依然杳无音讯。

鸟说，给我一块纯净的天空吧，哪怕指甲盖那么大就好；鱼说，给我一片安详的水域吧，哪怕一只碗那么深就好。转而，它们深深地羡慕起对方来。鸟想成为鱼，鱼想成为鸟。鸟想去海底游动，鱼想去云端飞翔。我才知道，一个人，没有翅膀，也可以像一只鸟；一个人，没有鳞鳍，也可以像一尾鱼。所以，我想打开鸟笼，让羽毛飞翔；我想打碎花瓶，让花香奔跑。

风照常刮起，让很多轻盈的事物飞起来，变成一只只鸟。

在一只鸟的瞳孔里，有天空，有大海，但就是没有自己的翅膀，作为一只鸟最重要的部分，却常常被忽略着。人，又何尝不是如此呢？

黄昏，鸟褪下金色的羽毛。原来，那一直不是它喜欢的颜色。但它必须穿戴整齐，不能有半点懈怠。在夜的掩护下，它终于可以用自己的颜色来铺床了。

对面老人的那只金丝雀死掉了，具体的死亡原因不得而知。老人把它埋到了公园的草地里。第二天，米粒儿缠着我去公园，她找到了埋小鸟的地方，慢慢把它扒了出来，我不知道她要干什么，她“嘘”了一下，示意我不要出声，她要对这只小鸟施以魔法——不停地吹着，把它身上的土吹干净，小心翼翼地捧到石桌上，然后不知从哪里拿的一根针，对着自己的食指，咬着嘴唇，闭上眼睛，勇敢地扎了下去。一滴一滴的血喂进小鸟的嘴里，然后双手合十低头祈祷。我明白了，她是童话书看多了，以为书上教的这个方法真的可以让死去的鸟复活。尽管我知道这一切都是不现实的，但我并没有阻止她，我不能阻止一颗悲悯的心。

傻孩子，这世间哪有这样神奇的魔法啊！但是我又不忍心让她心生绝望。米粒儿一直都惧怕打针，可是为了这只鸟，她竟然如此义无反顾地扎破自己的手指。我告诉她，这只鸟虽然没有醒过来，但它已经成了这个公园的一部分。我们把它埋起来，如果那里长出一朵花，那就是它在和我们说，此刻，它正在天堂快乐地歌唱。米粒儿点点头，虽然有些不甘心，但还是和我一起，把鸟儿重新埋好。

当天晚上，我溜到公园里，在埋葬鸟儿的地方偷偷埋进去几颗花籽儿。我知道，那只鸟会以花朵的形式重生，这不是童话，是一颗心对另一颗心的慰藉。当我的女儿看到这朵花的时候，我也会在光照里，看到她脊背上隐约可见的翅膀。

第六章

家人闲坐，灯火可亲

乡村的骨骼

一坛老酒，在菜窖的黑暗中打坐。它缄默无语，内藏暗香。它还没遇到知心的人，一旦遇到，它会令你心脾留香。

对于父亲而言，那坛老酒就是他的知己，彼此间言语不多，但无比挂念。而那把锄头就是他的发小。他们彼此鼓励着，把庄稼侍弄好。锄头累了，父亲就磨一磨锄尖儿，让它发亮。父亲累了，就拄着锄头歇一会儿，锄柄就着阳光，吃着父亲的汗水。父亲汗水的喂养，让它周身圆润饱满。

歇好了，父亲就对着锄头喊：嗨！老伙计，开工啦。父亲裸着古铜色的脊背，在阳光下劳作，像另一把锄头。

稻草人，像忧伤的孩子。生前伺候稻田，死后滋养青山。你是否能够感受到，秋收之后的稻草人的孤独？

原野寂静，米粒归仓，鸟儿都不怎么来了。稻草人孤零零地立在那里，只有风陪它说说话。

孤独是一个情感用语，稻草人无心，所以，孤独似乎无法用到它身上。可是，我看见的稻草人，就是孤独的。看着让人心疼，想去抱抱它。

我望了它一眼，它就装上了心。

没有人知道，其实稻草人也是有骨头的，它的骨头，就是它的孤独。

一条路扑向对面的山岭，像一条吐信的长蛇趴在那里。也像村人们肩膀的扁担，这根柔韧度极强的骨头，从肩头卸下来，铺在地上，就可以把人们从这座山送到那座山去。

我知道，在乡村里，除了父亲的喉咙，还有一种东西，在慢慢嘶哑。比如窗外的山风，像一个赶路的赤脚郎中，慌张地推开一扇扇木门。不管是寒潮将至，还是春天即来，它都是一副慌里慌张的模样，像极了村里的小伙子，一把倔强憨直的骨头，不问青红皂白地，报了喜，或者，闯了祸。

深秋的夜里，石墩上，几个老人抽着旱烟，吧嗒吧嗒的火光，随着他们的情绪而忽明忽暗。一个说，玉米又涨价了，明年把水田都改成旱田。另一个说，一多半的西瓜没人买，都烂在了地里。明年去城里给人看大门，也不种这破玩意儿了。

农民的可爱就在于——不管在秋收的时候，发了多少狠话，芒种的时候，他们依然还是要把镐头抱在怀里，精细认真地打磨，使它们闪闪发亮，像体内倔强的骨头，可以刨开任何一片僵硬的土壤。可是父亲终究是老了，眼神不济，田里的垄打得一点儿都不直。“年轻那会儿……唉！”他叹了口气，扶了扶腰身，却怎么也扶不直那忧伤的弧度。

李老栓总是热心于告知村里的后生们，正确的装车码垛的方式，使得他们节省出两趟车的油钱，以及一顿饭的时间；王老爹喜欢不遗余力地从集市的这端走到那端，再两手空空地从那端走回这端。他痛恨贼，他说见到贼就想胖揍一顿；栗老五磨刀是一把好手，甭管菜刀镰刀还是杀猪刀，都能磨出令人胆寒的刃。每到年关，他门前的案板上就堆了一摞待磨的刀具。婆娘免不了抱怨，哪有白使唤人家气力的？他就吼起来：“帮这么点儿小忙算个屁啊，不就一把子气力的事嘛！咱最不缺的就是这个，今个儿用完了，睡一觉，明天就又回来了。”

在乡村，我认识很多改名换姓的中药，一叶秋叫小孩拳，铃兰叫香水花，车前草的乳名叫蛤蟆衣，半枝莲的名字是急解索，乌泡的民间名字是覆盒子，芡实的另一个名字是长刺的鸡头苞……这就比如二宝如今被称为老师，黑蛋被称为老板，拴柱被尊称为院长，只是为了改变一种活法，而换了一个称呼。但我知道，他们的骨骼没变，依然硬朗如初。

村西边墓地上生长着一片竹子，这些立起来的骨头，是从地下那些骨头里长出来的。他们是连着骨血的兄弟。我希望我死后，也能埋到乡村去。但愿我的骨头里，也能长出这样一些竹子，作为我的兄弟，替我继续活下去。

我唯一的翅膀在你那里

那一年我上高中，家里正是水深火热的时节。屋漏偏逢连天雨，本来就家境贫寒，又遭遇了一场大冰雹，把地里所有的农作物都打成了残疾，这意味着一年的收成都泡汤了。父亲在一夜之间灰白了头发，不仅是为了他的庄稼，也为了那个是否让我退学的难题。

无论如何，也不能让孩子中途退学。这是父亲对我和他自己的承诺。由于生活窘迫，我在学校里处处捉襟见肘，那点可怜的生活费让我要精打细算到每一分每一毛。在食堂吃最便宜的饭菜，而且每顿饭都吃个半饱。即便如此，兜里的那点硬头货每月还是早早就“举手投降”了，向生活缴了枪。

同学们自发的一些活动我从不参加，“小气抠门”是我的“死穴”，在他们攻击我的时候常常令我无还手之力。但我也有自己的骄傲，那就是我的学习成绩一直名列前茅；还有我的打篮球水平，在学校里也是数一数二的，这些骄傲可以让我一直挺直着腰板，永不低头。

学校里要举行篮球赛，作为班级的主力，我是必须要上场的，可是摆在我面前的一个难题是，我要穿什么鞋子去比赛？我羡慕同学们脚上那一双双白得耀眼的运动鞋，有阿迪达斯的，有匹克的，如果能穿上那样一双鞋子在篮球场上飞奔，该是多么潇洒，多么英姿飒爽啊。

可我只有两双布鞋，脚上的这一双和包里的那双新的，都是母亲自己缝制的，虽说那是母亲一针一线缝制出来的，但我并未感到舒适过。因为它只能踩在家乡的山路上，一旦踏上城市里那做了各种标记的马路，我的脚就像踩到了炭火上，格外难受。我看到人们总是先盯着我的鞋子看，我看到他们的脚上穿的都是漂亮的鞋子，那个时候我是气馁的，一双鞋子就能泄漏我难于启齿的身世：一个穷酸的“土包子”。 有一次父亲来，同学们喊我：“你爸在校门口找你。”我问他们怎么知道是我父亲，他们说：“因为他穿了和你一模一样的鞋。”接着是一大帮人肆无忌惮的笑，很坏的笑，能把人撕碎的笑。我看着脚下的鞋子，这贫穷和寒酸的象征，我恨不能一下子把它踢到南极去，让它再也不回到我的脚下。

所以，我决定向父亲要一双运动鞋。尽管我知道它很贵，尽管我一向都很乖，很能体谅父母。那些天的夜里，我只做一个梦：我穿着白得耀眼的运动鞋，在篮球场上飞奔。我不停地扣篮、扣篮，我像长了翅膀一样，我飞了起来！

那时我还不知道家里遭了灾，在电话里还不忘跟父亲幽默一把：“老爸，您儿子山穷水尽啦！”父亲对家里的灾难只字未提，装作轻松地说：“别急，老爸明个给你送钱去，让你柳暗花明。”

我没想到父亲会亲自把钱给我送来，往常都是直接通过邮局就汇来了。我埋怨父亲糊涂，不会算账，这往返的路费要比那点汇费多很多呢。可父亲说他是搭别人的车过来的，没花钱。“那回去呢？”我还在为父亲的愚钝不依不饶，父亲却不恼，他一辈子都没有恼过。他憨笑着说，这不顺道还能看看你吗！

梦终归是梦，现实还是把它打回了原形。当我向父亲说出要一双运动鞋的时候，他显得很尴尬，他说他没带闲钱来，他支支吾吾地说对不起。“只要你球打得好，同学们就会给你鼓掌的，谁会在乎你穿什么鞋子呢？”父亲自己都觉得这个安慰有些牵强，所以说的时候声音很小，仿佛自言自语一般。

我哭了，当着父亲的面。其实我完全能预料到那样的结果，父母是没有闲钱买这些奢侈品的。但我还是哭了，哭得很委屈。父亲站在那里，不停地搓着两只手，像个做了错事的孩子，显得手足无措。没和父亲说再见，我扭头就回学校去了。

运动鞋的梦想从此彻底破灭了。我想我不能在全校的同学面前丢丑，不能让所有的人都因为我的那双布鞋而笑话我，我决定退出篮球队。老师找到我，要我说出退出的理由，我支支吾吾地说，只想抓紧时间学习。

其实他们哪里知道，我是多么想在篮球场上奔跑啊！

就在比赛的前一天，门卫打电话过来，说有人找我。我在校门口看到了父亲，他的手里拎着一双崭新的运动鞋，耀眼的白，让我睁不开眼睛。我以为自己仍然在梦中，直到父亲催促我穿上试试的时候，我才敢确定这是真的。尽管不是名牌，但足以令我爱不释手，它真漂亮，我愿意叫它“白色天使”。我忍不住问父亲，怎么舍得花钱买了它？

父亲说，自从那天听了我的心愿之后，他就忍不住去了商场，打听那些运动鞋的价钱，准备回家取钱给我买。可是，每一双鞋的价钱都让父亲倒吸一口凉气。在柜台前，他盯着那些好看的运动鞋看，其实是在看他儿子的心愿。正巧人家在搬货，嫌父亲挡道，就一个劲地往边上撵父亲。父亲是个干活的人，看不惯他们干活的样子，像小孩子们过家家一样。他忍不住替他们搬起货物来，以一当仨。搬完后，老板非要给他些酬劳，他却不肯收。他说就帮了这么点忙，怎么好要钱呢？可老板却坚持要给他，他就指了指货架上的一双运动鞋，挠着头，不好意思地对老板说，俺给你干一星期活，换那双运动鞋行不行？老板犹豫了一下，但还是同意了。

那一个星期对父亲来说，是一种多苦的煎熬啊。出力倒没有什么，关键是吃饭和睡觉的问题。因为口袋里没有几个钱，父亲只好每天吃一顿饭，而且每顿饭只吃一个馒头。晚上没地方住，父亲只好到桥洞里去对付，被蚊子咬得满身是包……

“就这样，鞋子到手了。”父亲不无得意地说着。我却再一次流下了眼泪。父亲慌了：“怎么了，不满意这个样式？那我可以去给你换……”我一个劲地摇头，说满意。“都大小伙子了，别总掉眼泪。”父亲拍了一下我的肩膀，说要趁早往家赶，要不晚上就到不了家了。100 多里路，父亲坚持要走着回去。

我急了，一把拽住父亲，问他是哪个商场，我要把鞋退掉，为父亲换一张回家的车票。父亲死活不肯，我抱着父亲说：“爸，相信我！没有这双鞋子，我一样可以堂堂正正地走路。”

那一刻，我感觉自己一下子就长大了，真正地长大了。

那场比赛，我穿着朴素的布鞋上场了。我不停地飞奔，不停地投篮，不断地把球投进篮筐，威力无比，势不可挡。仿佛长了翅膀一样，像是在飞翔。在飞奔的时候，我想到的是父亲；在投篮的时候，我想到的是父亲。我要让父亲知道，我是他最棒的儿子。

从此，我在学校里有了和乔丹一样的绰号：飞人。

父亲，我唯一的翅膀在你那里。只有你，可以让我飞翔。

祖母是一片不知愁的落叶

门半开半闭，如秋之眸。

立秋了，吃过这些饺子，眼前的一切就都变成了夏天的遗骸。它们齐刷刷地排列在你的视野里，令你无力躲闪。比如树上那些坚守到最后的果实，健康地存活下来，把完美的心一直留到晚年。这已经是个奇迹，我们还有必要担心它晚节不保吗？深秋的葡萄，像含冤的眼睛，虽然被秋霜凌辱，却依旧鲜亮，晶莹剔透，闪着不肯谢幕的光。

阳光不再蹦蹦跳跳，像顽皮的孩子一下子变成了少年，一下子就有了心事。阳光开始为那些在秋天里哀愁着的人工作了，为他们摊开伤心的绿，晾晒着寂寞的红。

其实天气还没变，一如往昔，艳阳高挂，心却不知不觉间有了凉丝丝的感觉。因为叶子落了，曾经的青春不复存在，流行歌曲里照旧挥霍着用之不竭的情感，但任凭沙哑的歌喉怎样声嘶力竭地挽留，时光都不再回头。你能做的，只有默默地清扫这满地狼藉。

也有不知愁的叶儿们，它们调皮地打着旋儿，姿态优雅，把生命中的大去当成一次惬意的旅行。

怀念祖母，是从一片叶子开始的，秋天的叶子。

叶子上错综复杂的脉络，像极了祖母的皱纹，但祖母并不悲伤。祖母的额头经常是金光闪闪，阳光喜欢在那里安营扎寨，那令人愉快的微笑常常使她的皱纹像是在跳舞。

在我的记忆里，祖母总是拿着扫把，试图把院落里所有的哀怨清扫干净，只留给我们无忧无虑的鸟鸣。

祖母在那些落叶里不停地翻检，把中意的握在手心。祖母喜欢收藏落叶，这个习惯终生未曾改变。这个习惯让我感觉到，祖母永远不会衰老下去。

我在祖母的书里看到过那些落叶。祖母喜欢看书，她的书里总是夹着各种各样的落叶，仿佛是她为自己的青春留下的标记。每一段青春，都是一片叶子，那些青春的遗骸，无法言说的旧日时光，成了书签，丈量着一本书的里程，时刻提醒着你，哪些句子需要再一次的爱抚，哪些情节需要重温。

祖母习惯在那些叶子上面写字，一句半句的，大多都是哀婉的宋词。这么多年，我没有见过祖母掉过一滴眼泪，但我知道，她的心就像是蓄了雨的云，轻轻地挤一下，就会泪雨滂沱，只是别人无法看见。祖母的眼泪，只居住在她自己的云里。

不管天气的好坏，祖母总是会大声爽朗地笑，祖母的苦难像一座山，把她的脊背压弯，却压不弯她热爱生活的心。

在那些叶子上写字的时候，祖母是小心翼翼的，仿佛怕碰坏了一份念想。写上了字的叶子，就如同被装上了灵魂，重新活了过来。我想只有祖母懂得那些落叶，也只有那些落叶懂得祖母，她们惺惺相惜，彼此嘘寒问暖。

怀念祖母，是从一片叶子开始的，给过那些果实阴凉的，从枝头跌落的，背井离乡的叶子。

祖母在秋天的离世毫无任何征兆，只是那一天刮了很大的风，院子里的那棵老柳树稀里哗啦地掉落了所有的叶子。其实，也只有风能让叶子喘息或者感叹，在叶子的生命中，风往往扮演着接生婆和送行者的双重角色。所以叶子的心思只和风说，它只和风窃窃私语。

落叶也有遗言吗？在离开枝头的刹那，它和风都说了什么？谁听过它们交代的后事？

那些齐刷刷掉落的叶子，是去陪祖母了吗？

我想，如果祖母是落叶，那么风一定是祖父。他们之间，有那么多缠绕不清的爱意。

我的祖母，一片写满诗句的落叶，一片不知愁的落叶，把生命中的大去当作一场旅行。

落叶从不惊叫，哪怕你踩到它的脊背。不像雪，不论你走得多轻，都会在你的脚下呻吟，仿佛踩碎了它们的骨头。

落叶从不惊叫，哪怕再多的苦难，她都只是去和风窃窃私语。

我似乎听到了落叶在说：等我，来赴一个灿烂的约会。在此之前，请好好生活，各自珍重！

母亲的风景

母亲的糖尿病越来越严重，导致她的视力迅速下降。我们做了种种努力，去了很多医院都无济于事。看到我们愁容满面，母亲竟主动开导起我们来：“就算看不见东西了也没啥，不耽误吃不耽误喝的，而且还少看到你们毛手毛脚的，也就省了我唠唠叨叨，还不好啊！”我们苦笑，我们都习惯了她的唠唠叨叨，从最初的厌烦到后来的接受，再到如今的眷恋。母亲的唠叨已成了我们灵魂里的音乐，不敢想象，等有一天她不再唠叨，我们的生命将会失去多少可爱的音符。

哥哥姐姐们商量着要带母亲去旅游，只想让她在失明之前看看更多美丽的风景，为她的记忆里添加更多的东西。那样，她的记忆就不至于那么枯燥了吧。我主动提出领着母亲去，因为平时太忙，数我陪母亲的时间最少。

我把工作安排好，请了两个月的长假，准备陪母亲去游览祖国的大好河山。母亲自然是欣喜万分，不住嘴地唠叨起来：“你平时那么忙，这怎么说请假就请了这么长的假呢，快和妈说说，是不是工作不顺心了？”

“再忙也没有陪妈妈重要。”从小就嘴甜的我总能哄妈妈高兴。

我们大包小裹地上路了，一路上，因为母亲眼神不好，我照顾起她来十分不便，但我仍然很快乐。母亲看我忙里忙外的，很是内疚，在车上尽量不喝水，因为怕上厕所。

北京、西藏、云南……两个月里，我带着母亲去了很多地方，母亲每到一个风景胜地，都如饥似渴地睁大已经有些模糊的眼睛使劲地看着，努力要把整个世界都看进眼里的架势。我则不停地为她拍照，母亲在每一个镜头里都笑靥如花。

那一刻，我感觉母亲年轻了许多，脸颊上仿佛镀着少女的红晕。

每次回到旅店，母亲都要从头开始，一点一点把当天看到的风景在脑海里过一遍。

“知足了，一辈子都没看过这么好的风景。”她喃喃地说。

母亲多容易满足啊，我心生内疚，平日里忙来忙去，总是抽不出时间陪母亲看看风景，而现在，母亲的眼睛累了，就要关紧这扇窗户了。

路走多了，母亲的腿肿胀得难受，我为她打来热水泡脚，一边为她按摩，一边兴致勃勃地计划着下一步要去哪里。母亲听着听着就睡着了，我不知道，自己这样的强迫算不算一种不孝，因为这样的奔波实在让母亲有些吃不消。

这就好比是强行往母亲的脑海里塞一些回忆的碎片，这到底有没有意义呢？

我也累了，很快就睡着了。迷迷糊糊中做了很多梦，梦见了小时候，手握着风车，和母亲一起在田野里飞奔，母亲把我高高地托起，转着圈儿；阳光被卷进风车里，一朵朵阳光像棉花糖，温暖甜蜜得让人晕眩……不觉得在梦中吃吃地笑出声来，蒙眬中感觉到一双手被暖暖地握着。是母亲，安静地坐在我的床边，我偷偷地把眼睛眯个小缝儿，看见母亲使劲地大睁着眼睛，定定地看我，仿佛要把我整个地印进心里去。想起儿时，母亲也是习惯这样看我的啊，那时候经常停电，母亲总是拿着蜡烛，到我床边来，总是要认真地看我一会儿。直到我睡着，在梦的波浪里卷起幸福的鼾声。

我的眼泪不由得流了出来，在母亲眼里，自己的孩子才是世界上最美的风景啊，可以令她美滋滋的，一生都看不够。

我忍着不让母亲看到我醒来，我喜欢被她的手握着，这双沟壑从生，粗糙干硬的手，牵引的却是我柔和温暖的一生！

第二天，我们养足了精神，接着去看风景。在半山腰，我们坐下来，我问母亲今天的风景好不好，母亲说："孩子啊，就算妈看遍了天底下的风景，也不如看你啊！只要有你在，哪里都是好风景。"

是啊，这就是母亲，她看到的哪里是什么风景，她看到的全是自己的孩子。当你牵着她的手，就像小时候她牵你的手一样。她知道她得乖乖地听话，她不能辜负了你的这份孝心。

这就是母亲，就算摸索在黑暗的谷底，也会有力地握着孩子的手。如果我觉得寒冷，她宁可敲碎自己的骨头，为我燃起一堆大火，为我取暖。

我知道，从一出生开始，我们就已深深地烙印在母亲的生命里。即便母亲失明了，儿女们也是她时时可以见到的风景。

原来，母亲的记忆从来就不需要填充，因为孩子们早已将那里占得满满，不留一丝缝隙。

不摇晃的光

清明节的时候，我们去祖父的墓前祭奠。刚刚下过雨，山路泥泞，我们歪歪扭扭的脚印，像祖父吃过的药丸，蜿蜒地铺向他的坟前。

祖父是个药篓子，一生吃药无数。他爱惜生命，任何一点疼痛都会引起他的警觉，这没什么不好，只是看着他每次大包小包地带回来的都是中药，我们就难免会失望。真希望那一包一包的，都能变成给我们的美味糕点。

都说久病成医，祖父也多了些所谓的经验。不过即便成医，怕也是个庸医吧。他凭自己的“试药”效果，给别人出主意，让别人也买了一包一包的中药回去；效果不佳，他便免不了受人一阵埋怨。可是他仍旧喜欢“多管闲事”，乐此不疲。

祖父会一些木匠手艺，小时候经常看见他很认真地打磨着每一根木头，去掉上面的毛刺和不平，就像他大半生以来，用自己的手和脚，一步一步踏平多舛的命途。他常常给邻里修补一下桌子和门窗，也会做一些板凳之类的小物件给他们，从不收钱。他说权当是帮了一点忙了。

祖父活过了 80 岁，算是高寿。其实，延长他寿命的并非那些奇奇怪怪的中药，而是他的一副热心肠。这份热心肠，使他常常保有一份用不完的活力。

祖父是个体面的人，出入一些场合，一身中山装笔挺有型，一点看不出像个“药篓子”，而且总是给人一种感觉——他身上有光。这光，可驱疾。

或许是受了祖父的影响，父亲也是这样的人。

父亲年轻时卖过猪肉。过年了，有乡邻买不起肉，可是孩子又嘴馋，就想赊点儿肉包点儿饺子，他从不犹豫，还往往多给人称一斤，“少了不够，让孩子们好好解解馋”。父亲就这样，让自己在那些灰暗的日子里，发着微弱的光。

米粒儿在白纸上画出了很奇怪的画，一片青草地，一排很小的小房子。我问她画的是什么，她说是坟墓。

为什么要画这么悲伤的事物呢？

我没觉得悲伤啊！米粒儿说，那不是还有一个大大的太阳嘛！

我看到了，在整张白纸的上方，是一轮红彤彤的太阳。有它照着，万物生光，无一点悲伤。

你再看！米粒儿神秘地把白纸翻过来。原来，另一面也画着画——绿树红花、风车秋千、蝴蝶云朵、玩耍的孩童……热闹欢快，一派盎然生机。

在孩子的眼中，生与死，两个世界，只是一张纸的距离。

诗人牧心把矿工的下井升井比喻为在阴阳两界穿行：“在阳间，他不能将自己藏在黑暗中；在阴间，他不能将自己抛在阳光下。”

去黑暗中采光的人，本身即为光。并且我坚信，你收拢了多少光，就能洇开多少黑暗的墨。

我看着向日葵一寸寸地向上攀爬，心疼它仰望的脖颈，却又无法更改它内心的热爱。我仰望它的姿势，又何尝不是另一棵向日葵呢！

库切说，你内心肯定有某种火焰，能把你和其他人区别开来。

当山河重新排序，你再向上一个台阶，离落日就又近了一步，你距离那束光的熄灭，还有一支烟的距离。在这段距离里，你可以给渔民点亮一座灯塔，可以给风中的人，指向一座温暖的小屋。

一束光熄灭，肯定还会有另一束光亮起。就像晚霞褪尽，月亮升腾，如此，生生不息，维系着整个尘世的活。

月亮是人心里的光在夜空的反射。它不会嫌弃任何一个城镇和村庄，任何一条沟渠，任何一片破瓦，以及上面每一丛鲜亮的苔藓……如圣母之爱，抚慰贫寒的人们——生活即便穷苦逼仄，也会有一束不肯服输的光，亮着。最小的缝隙里钻出去的光，会像一根针，扎得破尘世最厚的那张脸皮。

所谓活着，就是一束不熄灭的光，就是，不绝望。

夜里，小孩子拿着手电筒玩耍，我听见有人在喊："看啊，那幼小的人，拄着一束光。"

这是诗歌。在生活里，没有人愿意做小说家，因为他们总喜欢，把一条平坦的路，走得跌宕起伏。然而，更真实的生活，应该是诗歌和小说的融合——漫长，灰暗而曲折的路，不必心生寒凉，心怀善念，就会拄着一束光。路弯曲，脚步却是笔直的。那束光或许不会减轻你的疼痛和劳累，但至少，会令你走得稳妥，不摇晃。

你看不见白天的星

20 岁的时候，我经历了生命中的一次“山穷水尽”——由于轻信了一个社会上的所谓朋友的鼓动，和他一起倒卖点新鲜的小商品，自己没有本钱，只好从他那里借了 500 元，结果，发财的梦还没开始做就醒了——由于没有合法手续，商品被工商局的人给没收了。那个“朋友”让我还钱，我说让他宽限几天，他说宽限可以，但再还就得还 1000 块了。不然就得在我身上留下点记号啥的！我当时就傻眼了，没办法，只好硬着头皮和父母说了这件事。

1000 块，在 20 世纪 90 年代初期，对于我们这样的穷人家，是一笔很大的钱。我闷头不语，母亲唉声叹气，唯有父亲，从头到尾，没说一句话。甚至，我怀疑他是否听进去一句，微闭着眼，好像要睡着了。

“睡觉吧！”父亲打着哈欠说，“不是还有几天时间吗？愁啥？”

父亲总是这样，好像事不关己，一副不痛不痒的样子。倒是急坏了母亲，像热锅上的蚂蚁，张罗着给我想办法筹钱。

母亲把亲戚家借了个遍，还差 400 元，母亲真是一筹莫展了。还剩最后一天的时候，父亲忽然就从兜里掏出来一捧钱来，仔细数数，差不多有 500 元的样子。

我和母亲眼睛都直了，父亲这是从哪里变出来的钱呢？

这时候我们才注意到，父亲浑身上下全是泥水。父亲给别人家插秧，别人一天干 8 个小时就累得不行了，他干 10 个小时，一天赚七八十元，干了 7 天，正好给我赚回来一个“柳暗花明”。

如今，父亲老了。深秋的时候，我回去看他，与他在火炉边唠着家常。父亲忽然就发出了鼾声，我不忍心打扰他，站起身想去把窗子关紧些。父亲忽然一下子站起来，赶在我前面关好了窗子，然后又回到炉子边的藤椅里，鼾声再次响起，就好像刚才的一幕，是他梦里的事情。

从小到大，我们习惯了父亲的照顾，晚上睡觉前，所有的门窗父亲总是挨个检查一遍；每次出门，他也会把所有水电开关检查一遍，使我们安全而又幸福地活着。

诗人老井在一首诗中写过这样令人动容的句子：

俺拼命刨煤

只是为了找到三十多年以前

被一堆碎炭埋在井底的爸爸

这诗句令人动容。没有父子相处的画面，却胜过万千回忆的镜头。他一直寻找30年不见的父亲，因为寻找，父爱就一直不会停止呼吸。

另一位诗人朋友和我讲过他的父亲，他说有一次，他偷了别人家的东西，父亲用绳子绑住他，用皮带狠狠地抽打。父亲死的时候，他用的也是这根绳子，把父亲的棺材绑得结结实实，抬到了后山。

他说，通过这根绳子，把他和父亲的魂魄，紧紧绑在了一起。

这也让我想起自己的父亲，也有脾气暴躁的时候。小时候淘气，穿着他给我新买的白球鞋疯玩儿，结果不小心，一只脚就掉进了他为了种菜沤肥而挖的一个粪坑里。父亲气得操起一根柳条抽打我，胳膊上立马现出几条鞭痕，红肿了起来。我疼得一个劲儿地求饶：再也不敢了！为这件事，我一度在心底怨恨了父亲很长时间，为了一双鞋子，下那么狠的手。可是每当想起那个画面，心便温柔下来——他在一个大洗衣盆里，仔细地刷洗着我那双掉进粪坑的鞋，以使它尽力还原为本来的干净。

现在，忽然觉得，被父亲责打一顿，是一件多么幸福的事。

如果母爱是阳光，时时刻刻能感受到她的照拂，那么，父爱就如白天的星，看不见，但真实地存在着。那永恒的恩情，总在暗处和反面，悄悄地给你创造一个个“奇迹”。

我置身于幸福，却忽略了幸福的根源。就像停电之后，我才想起，我多么需要一根哪怕有些弯曲的蜡烛。

为我的灵魂打补丁的人

二叔常到我的梦里来，踱着四方步，气定神闲。他的衣服上始终打着补丁，似乎注定了他与贫穷的纠结。

在梦里，二叔一言不发。每次走的时候，必是那让我十分熟悉的哀怨的神色，转身之后，又必会呈给我那块补丁——触目惊心的补丁，却令我的灵魂完整。

二叔本不必如此贫穷的。他有力气，能吃苦，吃饭的数量和干出的活恰好成正比。二叔是个木匠，村里大多数木工活均出自他手，他的技术和他的为人一样被人津津乐道。

可是，二叔偏偏受了一辈子的穷。因为二婶死得早，家里没了“装钱的匣子”，二叔的钱就像流水一样，匆匆地揣进兜里，又匆匆地溜出去，不知道都花到哪里去了。亲戚们劝他攒些钱，再娶房媳妇，可二叔死活不肯。他说够了，知足了，剩下的日子是他一个人的了。

我们都知道，二叔和二婶在一起的时光是他最快乐的时光。他像个孩子一样跟我们疯闹，时而把我们高高举过头顶，时而扮鬼脸吓唬我们，惹来一大群孩子的尖叫。

过年的时候，二叔用了三天三夜的时间为我做了全村最漂亮的灯笼，让我骄傲得像一个天使，带领伙伴们奔跑在除夕之夜，那个精美的灯笼照亮了我的整个童年。

二婶不能生育，所以二叔总拿我当他的亲生儿子看。他常常让我去陪他，时间久了，我们之间的感情真的和父子相差无几了。

知道我喜欢看书，他就常常带着我去城里的书店，用自己偷偷节省下来的私房钱给我买书，二叔大字不识几个，就让我自己挑。我书架上的很多名著都是那时候买的。

二叔是在二婶死后开始消沉的，像一盏油灯突然被掐灭了灯芯。

二婶是被一只老鼠吓出毛病的。柔弱的二婶承受不了一只老鼠跳上她的脚背带来的巨大惊吓，整日神情恍惚，最后被一条小河把灵魂收留。我常常去那条二婶溺水的小河旁，看上面浮着的花瓣和叶子，就以为是二婶纤细的命运。一切都只能跟着风跑。

二叔开始酗酒，每日里酒不离口，时时刻刻呈现出醉态。他爱吃泥鳅，会一条一条地攒，攒到十条八条时用大酱一酱，就能美美地喝上半斤酒。而我所有的伤痛正源于此，直到二叔临死之前，我都没能为二叔买来一斤泥鳅鱼、打上一斤酒。而且更让我的灵魂无法平静的，是我曾经当着那么多人的面，深深地伤了他的心。

那是在我的婚礼上。二叔迟到了，一副狼藉的模样。而且，他是我的婚礼上唯一一个穿着带补丁的衣服的人。对于我，二叔是多么重要的人啊！我必须向我的客人们介绍他——和父亲一样的二叔。可是，在客人们满是惊讶和鄙夷的神色里，我感觉到自己的尊严被撕碎了。

我对着二叔发了很大的脾气，二叔不知所措地站在那里，像一个做了错事的孩子般惶恐不安。

二叔又喝醉了，坐在那条载走了二婶灵魂的小河边，絮絮叨叨的不知在说些什么。

我想去跟二叔道歉，可他却是不停地埋怨自己："唉，老糊涂了，三儿大喜的日子，怎么就不换身衣服呢……"

其实，二叔哪里有一件新衣服呢？父亲说，我用来操办婚礼的钱都是二叔辛辛苦苦攒下的，他不让父亲跟我说，他说反正他自己用不着，不要给孩子添压力。而我又是怎样对待二叔的呢，在自己婚礼的时候，连一件新衣服都没有给他买。顷刻间，愧疚刺穿了我的心，一生无法弥补。我的灵魂生出了洞。

二叔死去的时候，父亲终于为他脱掉了身上那件打着补丁的衣服，替他换上一身干干净净的新衣服。

可是二叔每次到我梦中来的时候，都是打着补丁的，一直没有改变。我知道，我一生都无法对那块补丁释怀。也好，就用它补我灵魂的洞吧。

只是希望我这一生，灵魂里不要再生出这样的洞来。

让每一粒米都回家

前几日，母亲来我家小住。女儿向垃圾桶里扔了一小块儿馒头，被她捡了出来，并把孩子训得哇哇直哭。妻子很不高兴，背地里和我说：“至于吗，不就是一块儿馒头吗？”我说是的，母亲把粮食看得比什么都重要，因为母亲经历的挨饿的时光刻骨铭心。

母亲不止一次地说，她嫁给了一只碗。

那是在挨饿的岁月，因为父亲接济了母亲家里一碗米，母亲对父亲产生了好感，最后两个人成为夫妻。这只碗是父母的媒人，被母亲一直珍藏着，出嫁时也一直带着。

父亲感激那只碗，母亲也感激那只碗。那只大碗，被两个人小心翼翼地供着，闪着心满意足的光泽。

可结了婚之后，母亲仍旧是吃不饱的。因为日子实在太穷了，即便每天精打细算，也填不满一张张饥饿的嘴巴。

苦日子是一匹病马，驮不动快乐的梦想，甚至，炊烟，它都驮不动，你看，炊烟懒懒的，直不起腰来，大概是锅里没有多少米，炊烟都茁壮不起来，好像被苦日子抽去了精髓一般。

空空的米缸，一家老小的胃，常常被母亲刮得生疼。

常常是，我们吃饱，母亲把锅里所剩无几的米粒用铲子铲起，像铲起几粒雪花，然后加一瓢水，再加一把火，熬成稀汤一样的米粥，为数不多的米粒漂浮在碗里，装点着门面，那是母亲的饭。

一直到今天，母亲的“抠门”都是远近闻名的，剩饭剩菜从来都不舍得扔掉，甚至孩子们掉了一粒饭粒到桌子上，都会遭到她的一顿训斥。母亲实在是穷怕了，所以才这么珍惜每一粒米。

秋收的时候，母亲跟在收割机的后面，仔细捡拾着遗落掉的稻穗。对于母亲的这种行为，我们甚为不解，那么多的粮食，用机器来收割，难免会遗落一些的。与其在自己的地里费劲巴拉地捡拾那几株遗落的稻穗，不如去别人家的地里替人割稻子，割一天的稻子挣的钱够她捡多少天稻穗啊。

我们都嫌母亲不会算账。

可是，母亲说：“这是我自己种出来的粮食，我只是尽量让每一粒米都回家。就像我自己的孩子，你让他们流浪在外，心里总是不得劲儿呢！”

那日的夕阳里，我看到母亲佝偻着身子，一根一根地捡拾着稻穗。我蓦然间感到，众多的粮食中，母亲是最饱满的那粒米。

农民诗人张凡修写过一首诗《母亲的胃》，读来甚是感人：

后半生。母亲的胃一直空着
一九六一年，母亲吃得太饱
那年的母亲给公社大食堂推磨
囫囵下许多生粮
不嚼。只暂时存在胃里
回家后用筷子捅进喉咙
一口，一口，再吐出来
未消化的粮食喂饱了奶奶，爷爷
也喂饱了爸爸和我
……熬过三年。后来习惯成自然
只要看一眼装过米饭的空碗
她就会将吃进去的东西吐出来
前年，母亲离我而去
没带走一粒粮食

多么伟大的母亲啊，她用她的胃“假公济私”，她用她的胃储藏了亲人们一生的粮食。而她的孩子们，不仅吸吮她的乳汁，还掏空了她的胃。

如今，母亲变得越来越小，生活的大海碗啊，可以把母亲整个扣住。

我们过着丰润的日子，那是母亲用一双粗糙的手替我们打磨出来的。

我们丰盈着，而母亲却日益消瘦下去。持续的消瘦，让我担心有一天，她会变成我稿纸上的一滴墨汁。此刻，在火炉边为母亲熬药的我，唯有双手合十，微闭双眼，虔诚地祈祷。我希望我的祈祷，可以让旧日的木柴发出光来，感动那些最苦的草药，照亮母亲灰黄的脸庞，和尽量多的剩余时光。

母亲的病友名单

母亲在肿瘤医院住院期间，认识了一些老姐妹。这些癌症患者经常在一起讨论各自的病情，时间久了，慢慢建立起一种相依为命的情感。临回家的那天，母亲与那些病友留下了各自的电话号码。

母亲眼神不好，回来后让我把那些电话号码工工整整地挨个儿抄下来。长长的一排，算上母亲自己，一共 12 个危在旦夕的生命。

从此之后，家里的电话忙得不可开交，几乎每天都有母亲的病友打来的电话。她们互相询问着病情，嘘寒问暖，相互鼓励，俨然成了天底下最知心的莫逆之交。

我真担心，如果有一天，那电话不再响起，母亲该会有多难过。

母亲每天都会守着电话，害怕错过每一个病友的问候。我对母亲说：“电话上面都是有来电显示的，如果谁的电话没有接到，我们给拨回去不就行了吗？”

母亲说：“不一样的。如果我当时没有接，她们会担心我先走了，会难过的。”

我们决定给母亲买个手机，这样母亲就可以随时随地接听病友的电话了。我把那11个人挨个儿存进了母亲手机的通讯录里，仿佛存进去一笔巨额财产。

那是一群在死亡线上挣扎着的人，她们共同筑起了一道生命的墙。

这让我想起了“辛德勒名单”，不仅仅是母亲，那里的每一个人都有那样一本通讯录，那是她们要从死神手里抢回来的生命名单，每个人都是另一个人要拯救的对象。

起初，母亲是悲观的，在治疗上也不大配合我们，总认为自己迟早会死，往自己身上搭钱是浪费。我们用尽了各种办法使她振作，领她去听二人转，鼓动她参加秧歌队，可是都无济于事。后来，我们发现每次只要母亲和那些病友通过电话之后，就会变得开朗许多，心情舒畅。

所以，我们为母亲的手机多备了几块电池，保证母亲的手机一天24小时开着。一部小小的手机，分分秒秒传递着生命的讯息。

杨姨是 12 个人中最乐观的一个，其实也是病情最为严重的一个。她的癌细胞已经扩散到全身。但每次母亲在情绪低落的时候打电话过去，杨姨都会兴高采烈地给母亲讲一些她的“奋斗”经历。每次通过电话后，母亲都会开心好一阵子，因为生命又有了新的希望。

又一个阴雨天，母亲疼得厉害，心情变得很坏。我们赶紧替她拨通了杨姨的手机，杨姨爽朗的声音很快传了过来：“喂，你好啊。我知道你是我的老姐妹。告诉你一个好消息，昨天去医院复查，医生说我的癌细胞控制住了，活个十年八年的不成问题。我现在忙着打太极呢，不和你说了。改天再聊吧！”杨姨的话像连珠炮一样，没等母亲问什么，那边就挂断了。虽然母亲没说上什么话，但知道自己的病友又多了一次战斗的捷报，心里顿时敞亮了很多，感觉身体也不那么疼了。

直到有一天，母亲打电话给杨姨，这次换成一个年轻人接的。他说：“我妈妈去世已经半年了，她在临终前几天让我们替她在手机里录制了几段录音。告诉我们不让关机，免得你们打不进来电话。”说到这里，年轻人有些哽咽：“阿姨，我不能再瞒着您了，这半年来，你们听到的，都是我妈妈的电话录音……”

挂了电话，母亲的手开始抖了起来。母亲拿过那本通讯录，用笔轻轻地把杨姨的名字圈了起来。那一堵生命的墙，忽然就裂开了一个缺口。我听到母亲喃喃地说着：“他杨姨啊，你先走了，等些日子，我去陪你。”

我们的心跟着凉了。母亲一直依赖着的希望没有了，她的心会不会就此沉进谷底呢？

结果完全相反，母亲的做法让我们所有人都感到惊讶。一辈子没跳过舞的母亲，让我们替她报名，她要参加秧歌队！

穿着大红大绿的母亲，样子很滑稽，扭起的秧歌也很生硬。但不管在晨曦里，还是夕阳下，我看到的母亲都是最美丽的。我知道，母亲不仅仅是为她自己活着，她在为她的亲人们活着，也为那些“辛德勒名单”上的病友活着，就像杨姨一样。哪怕让她们多活一天，都是一次成功的拯救。

病情又一次严重的时候，母亲虚弱得很，额头上沁着大颗大颗的汗珠。这个时候，母亲的手机响了，我们知道，肯定又是病友打来的。母亲颤巍巍地接过手机，看了看那个电话号码，马上示意我们静下来，然后清了清嗓子，用比平常高了八度的声音对着电话欢快地喊道：“喂，老姐姐，你好吗？我啊，我好着呢，刚刚扭完秧歌，你看把我累的，气喘吁吁啦，哈哈……”

我们含着眼泪听着母亲在病床上撒谎。我们知道，杨姨走了之后，母亲终于成了那堵生命的墙上，那一块最坚强的砖。

虚构的祖母

我的祖母已去世多年，无论多少次梦到她，似乎她都不肯迈回门槛半步。记得她曾经说过，逝去的人不可回返，哪怕是梦里。不吉利。

可我想她，很想。只好虚构她还活着。

我蘸着泪水擦拭她的相框，希望可以为她续上呼吸，让她的微笑在轮回里生生不息。

记忆里，祖母有个特定姿势，就是将一些散乱的柴火捆扎好，码放在厨房一边。就仿佛把旧日子一捆捆地绑起来，堆放在记忆的墙角，等待一把火将它们付之一炬。

另一个姿势，就是她挥舞着一把大扫帚，把院子里的尘埃都清扫干净。祖母爱干净，偶有风来，她会高兴地说，风也是可以帮她把院子吹干净的。

夏天的蜘蛛疯狂地编织捕虫的网，祖母却总是热衷于捣毁它们，毫不留情地用扫帚给捅掉。有一次，我看见一张蛛网上面挂着雨滴，忽然有些心疼，觉得蜘蛛这种执着的精神让人感动。和祖母说起这些，她没应声，但那以后便很少再去捣毁了。

一把年纪的祖母，始终操心着季节的变换。夏天，她会对农田里忙碌的儿子说："冬天快点来吧，那样你也好猫猫冬，歇一歇了。"而冬天到来，她又会一边给我的手抹冻疮膏，一边说："该死的冬天快点过去吧，看把俺孙儿冻成啥样了……"

早年间祖母说过的那些话，像一盏风铃挂在屋檐上，日日摇曳，夜夜叮咛。

祖母喜爱莲子，常在熬粥时放几颗，也不抠掉莲心，说吃点苦可以让味觉变得敏感，对食物更有热情。所以，每到秋天，都能看到她去荷池采摘莲蓬。

一朵莲蓬上，每一颗清苦的莲子都独居一室。莲心是苦的，却在谢落一身芳华、再没有了窈窕身姿之后，将独有的香氛传递给世间凡人。我唯心地认为，莲子之所以不腐，并非坚硬，而是因了它的慈悲。

这一切，都像极了我的祖母。

初秋的街头，卖莲蓬的人，顺带了一塘的荷香，在城市的街道上，融入最寻常的烟火里。祖母用心挑选着，像在找寻失落于前世的自己。

此刻，我虚构祖母还活着，来疼爱我们。虚构的祖母行走在我的文字里，我小心地措辞，生怕哪个不恰当的语句把她绊倒。

我愿这尘世的沧桑，永远不爬上她的额头；愿那风一直吹着，让芜杂和灰尘永不落地；愿她那双剥着莲蓬的手，能透着一丝丝的香甜的气息。

祖母总担心我们凉着，便缝制些小垫子，让我们垫在屁股下面。领她去集市，不规范的小摊货满一地，上了年纪的老太太，仍能灵活地绕开。祖母害怕钟表，总说那里面住着怪物。她是不是因为自己已经衰老得摇摇晃晃，才在内心排斥那座老迈的挂钟里，无情的指针仍在一圈圈地行走呢？

去世之前，祖母曾经走丢过一次。派出所的民警说，老太太一个劲儿重复说着两个数字：4 和 23。他们像破译摩斯密码一样，按照当地的身份证编码输入这两个数字，通过筛选和比对，最后锁定了我的父亲——祖母还记得自己孩子的生日。在一切都停滞、冷却之后，唯有那颗爱子的心永远不变地温热着。

我虚构祖母仍活在世间，活在我的身边，深夜里埋头写作时，还会被她唠叨：熬夜伤身体，快去睡觉。我乖乖听着，如同一个孩子。

晚安，我亲爱的祖母。

第七章

落在纸上的星星

爱的人，我赠她以白云

诗人刘年说："不爱的人，我赠她以黄金；爱的人，我赠她以白云。"

这是诗人眼中的黄金与白云，颠覆了我们多年的认知。我们常常以黄金比喻一些珍贵的事物。殊不知，那反而是诗人眼中的恶俗。

能打动他们心灵的，唯有白云。

云是反方向坠落的叶子。诗人是负责打扫的人，他们总是试图搭个梯子，追到天上去。

他们眼里的天堂，云朵是必不可少的灯笼。

沈从文喜欢描绘云朵，在他看来，云也有云的地方性。北方的云厚重，人也同样那么厚重；南方的云活泼，人也同样那么活泼。

沈从文是固执的，他喜欢的东西，便会努力争取。这种性格在他追求张兆和的时候，很明显地体现了出来。虽然当时张兆和并不喜欢他，甚至都到校长那里告发他了，但他依然不屈不挠。尽管沈从文被拒绝了无数次，甚至连校长也婉转劝说了他，但他仍然没有放弃，直到张兆和被感动接受为止。

有人评价沈从文性格，说他外表看起来很谦和，还有些柔弱，不过隐藏在这份柔弱之下真正的他，却是一个不愿随波逐流，性格刚直的人。而沈从文对亲人、朋友都很关心，对后辈也是非常慈祥的。不过沈从文那份固执己见，不愿接受新思想的性格，还是给他带来了一些烦恼，让他一度出现了抑郁症，甚至住进了精神病院。但他最终还是从里面走了出来，并做出了一些新的改变，又在创作之外的事业上有了一定成就。

从沈从文一生的经历中可以看出，他是不惧艰辛、肯上进的人；另外沈从文也是一个很勇敢，也挺坚强的人。最为难得的是他为人非常谦和，对身边人也很关心，虽然他看起来有些柔弱，但是他的所作所为却无一不显示着他的坚强。如此，他才会说出如此动人的话：“我行过许多地方的桥，看过许多次数的云，喝过许多种类的酒，却只爱过一个正当最好年龄的人。”

古往今来，赤子童心、天性浪漫，在生命中永葆一分天真品质的文人不多，而苏东坡怕是最能和沈从文遥遥相惜的一位。

苏东坡被贬黄州时，与朋友出去游玩，有一项重要的娱乐活动，就是“挟弹击江水”。这种游戏，不知是拿弹弓将石子打到江水里，看谁打得远，还是类似于我们儿时玩的“打水漂”，拿一块小瓦片或者石头，贴着水面上一跳一跳地漂过去，激起一串串浪花。

不管是哪一种，作为一个年过45岁、华发早生的中年人，在仕途倍受挫折的境遇下能玩这种充满童趣的游戏，的确天真得可爱。

比这更可爱的是，他居然会用竹箱去捉白云。看得到、摸不着的白云也是可以用箱子去装的吗？

苏东坡这样交代创作《攓云篇》这首诗的缘由：他从城中回来的路上，看到白云从山中涌出，像奔腾的群马，直入他的车中，在他的手肘和腿胯之处到处乱窜，于是他将白云装了满满一竹箱，带回家，再将白云放出来，看它们变化腾挪而去。所以他的诗中有这样的句子：“抟取置笥中，提携返茅舍。开缄乃放之，掣去仍变化。”在他眼里，这些白云就像飞禽走兽一样，被他赏玩一番，又放回去了。

小时候学过课文《看云识天气》，然后就整天抬头望云，煞有介事地和父母显摆——看，那朵好像积雨云，一会儿保准要下雨，快把衣服收回来吧。结果小半天过去了，天气依然晴朗，那所谓的

“积雨云”已消散得无影无踪。父亲并未嘲笑我，他说每个人看云，都会有自己的想法，你心里想着什么就能看到什么。

中年以后再看云，不仅仅识别了天气，更多的是，识了人心。云彩的美丽提醒我们，不可辜负如花美眷，似水流年，要轻盈，不可堕落。

和小米粒坐车去父母家，她看到一朵云很低很低，说：“那朵云真淘气。”我说：“或许它想到地上来玩儿吧。”她来了兴致：“嗯，它贪玩儿，跑到地上来了。”我问：“那要是来了一阵风会怎么样呢？”她想了想说：“就被刮跑啦！”

“那么，会刮到哪里去呢？”

“树上！”

“那么，挂到树上的云，还能做什么呢？”

此刻，正是冬天，她看到了一只小麻雀落到树枝上，然后吹着口哨把另外一只小麻雀也叫了过来。小麻雀越来越多，把它当成了鸟巢。

米粒儿欢呼雀跃：“让那朵云做小麻雀们的窝吧，多暖和啊，小麻雀们冬天就不会冷了。”

看吧，人间万物，就是如此相爱的！

白岩寺空着两亩水

这个春天，有一个人通过一首诗告诉我，白岩寺空着两亩水。

白岩寺空着两亩水
你若去了，请种上藕
我会经常来
有时看你，有时看莲
我不带琴来，雨水那么多
我不带伞来，莲叶那么大
——刘年《离别辞》

星期天的下午，阳光明媚而慵懒，瘫散在我的书房地板上。我像一株植物，在这堆懒散的阳光里枝繁叶茂。

我被这首诗的美好打动，在一首曲子里缓慢起身，抖了抖假日里积攒的尘土，影子多么肥沃。

他不说雨水如琴，他说他不带琴来，雨水那么多；他不说莲叶似伞，他说他不带伞来，莲叶那么大。这就是诗句的妙处所在，足够撩拨春天里所有的心。

这是一首关于离别的诗，可是我看到更多的，是它的明媚。离别的伤感被一朵莲轻轻地移走。

莲是唯一有思想的花吧。它同时寄寓着爱和梦，一会儿给我披上火焰，一会儿给我泼上冷水。它不会因被摘取而封闭自己的幽香，人们却会因为小小的损失而关闭善良；它不会因为被风吹落而哭泣，人们却会因为不被理解而感到伤痛。大约这是因为它只经过生命，人们却想留下更多；它只管盛开，人们却强求幸福的达成。

小美之失于大美之无碍，犹如滴水出海，一切自我折磨之情感的悲戚心怀，在更大世界及更久远的时间里，也不得不缩小到一种自嘲的罅隙中去！

我总是迎风流泪，有时候是因为风里灌了沙，有时候是因为看久了落日。有一次，是因为看到你，和另一个男人穿了一模一样的风衣。

你们在风里牵了手，你们怕风把彼此吹散。

风里有毒，让我迅速衰老。可是记忆，没有一丝衰退的迹象。

我的眼睛不好，每次一家人一起吃饭，母亲总会不自觉地给把动物的眼睛夹给我。

我吃下一只鱼的眼睛，以为这样，就能看见大海的深邃，看得见一颗石子，怎样在贝壳的怀抱里，磨砺成珍珠。

我吃下一只羊的眼睛，以为这样，就能看见天空的辽阔，看得见一颗星星，怎样在夜色的掩护下，拥抱了愿望。

白岩寺空着两亩水。它让我有一个冲动，想立刻动身，去一趟白岩寺。只为看看那朵莲，是在打坐，还是在打着瞌睡。

我想我若去了，一定会与它们对望，久久无语。怕有眼泪落下，不知佛手可否会替我拂了去。

我爱上这朵诗中的莲，这一瞬间产生的感情，想要倒退回去摘干净，恐怕是不能了。生命中的美就是这样，遇见，说不易也容易。比如此刻，在你不经意间，靠你想象的翅膀，也能飞抵白岩寺，去会晤一朵莲花。

我把自己想象成一个 17 岁的少年，在白岩寺的墙壁上，刻满一个女人的名字。出家前，我要好好爱上一回，然后让佛庇佑我的心上人，让她嫁给一个好男人。

当你特别爱一个人的时候，更多的，会选择沉默。那面墙，是我后半生里最美好的事物。我可以对着它，说佛理，说永恒，和欲盖弥彰的思念。

那个女人的名字，叫莲。

或楷书或行书或草书的满满一面墙的“莲”，不论冬夏，都开着。

那是我的梦。

我不知道这想象中的少年最后能否功德圆满，我只知道爱是纯粹的，滴着露水，沾着月光。爱是手心里的莲，苦得妙不可言。

我知道那个独自取暖的梦在人世的干扰与挫折中，会承受多大的压力和委屈；我知道无论一个梦是否能实现，当它存在于人的生命中时，它就已经给了生命不一样的意义和希望。我还知道，明明有梦却黯然放手，会造成人生多深的苦痛和忧伤；我更加知道，对于许多生命来说，它时常可以从中汲取热情和力量，可以随时从中获得安慰和放松的，可能并不真的是身边某个人或某些物品，而是自己心中那个最深情的梦。因为它在这个生命的身体里，灵魂里，和这个生命的岁月一直相守，是生命的一部分；在不可见的空间里，与我们不离不弃，相偎相依。

日子像流水一样，所有的人，都在里面清洗着自己。我愿自己，终能寻得那样一个梦。

虫子从高处坠落，这一觉睡得好长。这是睡到了自然醒还是被惊扰了美梦呢？看着那个虫子着急忙慌地跑，我竟不忍心伤害它了，让它逃之夭夭。

这多像眼下的人生。其实，你随时都可以上岸。这人生的大河狂风巨浪，似乎将你置于无尽的惊险之中。而其实，每时每刻每一点，你都可以上岸的。关键是，若你的欲望在水里，岸就从来算不上一种选择！

也因此，聆听一些人的滔滔不尽的苦恼，多数情况是不必发出什么建议的。因为他们的乐趣也在那形容不尽的哀叹中。岸或船，都不能渡走他们已经溺水的灵魂。

我翻开日记本，看两眼之前那张写满我的无望与委屈的纸，轻轻将它撕掉。明天我一定会被早早叫起，实在没有精力再在已经失去的东西上寻找什么意义了。在春天，一切还来得及。山已染绿，蓓蕾初绽，燕子啁啾，似乎也懂得人的好心情。我们该哼着小曲儿，清点太阳底下发生过的好事情，祈祷接下来的岁月，想遇见的人和事儿。

我的心，也空着两亩水。谁来，为我种上藕。

卑微的江河

一个农民工在东莞图书馆的留言簿上留言："我来东莞 17 年，其中来图书馆看书有 12 年。书能明理，对人百益无一害的唯书也。今年疫情让好多企业倒闭，农民工也无事可做了，选择了回乡。想起这些年的生活，最好的地方就是图书馆了。虽万般不舍，然生活所迫，余生永不忘你，东莞图书馆。愿你越办越兴旺。识惠东莞，识惠外来农民工。"

在辛苦的劳作之余，他选择了去图书馆看书。通过图书，试图对自己进行着改变。这是一颗倔强的灵魂，从不坐以待毙，不肯向现实投降。

这是励志的说法，我想到更多的是——书，给予了他最妥帖的关爱。

东莞图书馆官方微博转发了相关消息，并评论道："我们一直在，等您再来。”这是一个很温暖的回复，令人感到欣慰的是，这位农民工在东莞找到了新的工作，他可以继续去图书馆看书了。

一个偶然的机会，看到了纪录片《我的诗篇》并深深被它吸引。鲜活的人，真实的人，诚恳的人，漂亮的画质，不俗的诗歌，将一个个工人诗人的境遇表露无遗——老井，煤矿工人，很少看到阳光，终年在600多米的地心深处工作；陈年喜，爆破工，时常遭遇着危险，可父亲的瘫痪，母亲的癌症，让他拿着自己的生命来延续亲人的生命；邬霞，制衣厂的女工，喜欢吊带裙却只能看着自己精心熨烫的吊带裙进入别人的衣橱，而她自己只能买最便宜的吊带裙；吉克阿优，填鸭毛工人，作为一个彝族人却离乡多年，甚至连家乡的习俗都已遗忘，跟着影片镜头，你看到那里的农村依旧贫穷；许立志，他那被层层防跳网束缚着的宿舍，像一座戒备森严的监狱；乌鸟鸟，失业后想找一份接近自己梦想的工作却屡屡受挫，最后只得干起杀猪的营生……这就是他们所面对的残酷环境，可他们在这困难的生活里，仍选择了诗意的生活。

我最喜欢的是爆破工陈年喜的故事，也喜欢他的诗。尤其喜欢陈年喜给儿子写的诗。他说：“儿子，我想让你绕过书本看看生活，又怕你真的看清。” 随后，他无故被工厂辞退。这种诗与现实互文的手法，动人心魄。这是一个胸中有一个火种的男人，深爱自己的父母，担负着家庭的重任，干了16年的爆破工作。中年倔强刚强的外表下，却是苍凉的秦腔，无声的炸裂。

广东的小伙有一些诗人的不切实际，他在应聘的时候只是盲目地问人家：要叉车工吗？或者内刊编辑？可是人家只看到了叉车工的技能。他心虚地向人家念他的诗，我都替他害臊。害臊的不是他念诗或者找一个内刊编辑是可笑的，害臊的是他暴露了一个诗人的单纯——和尚庙里去卖梳子的既视感。

如果谈恋爱的话，喜欢诗人一定是最不靠谱的决定，我想所有的爸妈都会担心自己的女儿会饿死。于是，诗人化成了各种各样的人，渗透到了人群中，成为庸庸碌碌俗世里的一员，又用诗歌保存了他们自己。这是胸中小小的火种，这是满天微小的星星。

陈年喜说，再低微的骨头里，也有江河。我想说的是，他们的身体里，始终涌动着不屈的新鲜的血液。他们想改变，不想被尘俗磨平他们的棱角，不想被劳苦泯灭灵性。他们一边承受苦难，一边为苦难写着震撼人心的诗篇。

一只虫子怕被鸟儿吃掉，躲开鸟的最好办法就是变成蝴蝶。所以，改变，什么时候都不晚。你要纯粹为自己活一次，哪怕只有一年，你也可以脱胎换骨；哪怕只有一个月，你也可以破茧成蝶；哪怕只有一天，你也可以换个发型，看场电影；哪怕只有 60 秒，你也可以给自己，读一首，深情款款的诗……

落在纸上的星星

我喜欢一些字，因为喜欢而闪着光怪陆离的光。它们是落在纸上的星星。

比如，来。

是的，是来。不是去。

来是拥抱，来是取暖。你来，每一瞬间，每一个毛孔里的花都会开放。你离去，每一个脚印都让世界延伸成荒漠。

你说，最幸福的一刻，是我张开手臂，对着你说：来！

这一个“来”字，此刻落在我的纸上，它是文字里的星星。

比如，疼。

一个生活沉闷落魄不如意的男人心底的疼和身体的疼，他沉溺在这样的疼里变态上瘾。每天下午两点钟的疼准时到来，疼像一个细小的虫子蠕动，在他的神经末梢，开始了，微颤的；开始了，蔓延的；开始了，痉挛的。他不喜欢吃药不喜欢医治，不喜欢一切一切外在的力量，他觉得自己的头发梢儿都跟着那些疼晃动了，像海啸一样，忽然就被那些疼拉直了；像山崩一样忽然就被那些疼摔碎了，一塌糊涂地堆上来……

疼，是有形的，从牙齿到腮腺，到脸到眼睛到鼻子，顺着血液流淌一样。疼是无形的，风一样忽然就吹散在身体里了，快乐被撕扯开去的时候，他拼命地想驱逐开这些疼。可是，后来他发现，疼着是快乐的，疼着是活着的，疼着是刚出锅的水豆腐一样鲜嫩着的。

失去血色的夜晚，露出被咬疼的神经。一只蚊子，穿过夜的骨髓，抵达幸福城堡。梦，抽搐着，转了个身，在男人颠簸的鼾声里打了最后一个饱嗝儿。时光是酱色的，墙上的血是酱色的，没有人去理会一只蚊子干瘪如初的尸体，有人把它定义为喜剧。剧终，一个夜晚，捡起一张失血过多的脸，照亮一只蚊子留在墙上的悔过书。

比如，想。

想，是热的。刚出锅的小笼包热气腾腾。上班后，年幼的女儿打来电话："宝想爸爸……"这个想，多么热切，通过这个字，可以闻到隐于其中的婴孩儿身上的奶香。

想，是暖的。棉花垛里最靠里的一团。母亲电话里说：“想家了就回来看看。”想，忽然就沾着母亲围裙上葱花的味道了。

想，是凉的。西伯利亚的蝴蝶扇了三下翅膀。女人追着男人问：“这么久，也不给我打个电话，有没有想我啊？”

男人说：“想啊，只是我太忙，忙着开会，忙着见客户……”

这想就冷凉了，像炸裂后的烟花，激情过后，唯有泼了一地的硫黄味道。烟花易冷，斜刺里穿来的冷风，让这个字哆嗦起来，不停抖动。

想，是厚的。老祖母的储物柜尘埃半寸。父亲说：“想奶奶了就来看看她留下的东西吧。”拂去尘埃，看到的竟是我的童年——弹弓子、溜溜球、护心锁、照片、奖状……她竟然都为我留着，而她却走得很远了，星星与我一样的距离，我的想还追得上她吗？

想，是薄的。几片雪花匍匐在地。素未谋面的男人和女人，甚至都没说过两次话，那男人就可以在微信里对那女子说，“我想你了”。想什么呢？对着薄而冰凉的手机屏，除了那个暧昧的设想，还有什么是可以热切起来的呢？

想，是浓的。老式笨锅里熬着猪蹄儿汤。“吃哪儿补哪儿，没几天我这脚就好了，别回来了，一趟路费好几百，精细着点儿过日子。我没事儿，别想着了啊。”父亲在电话里唠叨。

“旺财（父亲养的一只狗）还好吗？我想它了。”

“你这孩子，大老远的想啥不好，想一只狗！它好着呢，这会儿正围着你妈摇头尾巴晃呢！”

这想，就有了老汤的味道，又有了旺财身上的腥气，不过这会儿它若是在我身边，我还是会把头埋进它的长毛里。它也会舔我的脸，尾巴摇得像风车，这是它的想。

真是千奇百怪的想呢！

烟想着打火机。花蕊想着蜂蝶。琴弦想着手指。杯子想着水。碗想着米饭。枕头想着梦。白睡衣想着干净的身子……自然也有痴人说梦，想入非非，清醒时方知，你的想里，有我无法抵达的河流。我的念里，有你难以触及的月光。

世界本就这般无常。那想，也自然各有各的去处，有的结了霜，有的絮了窝，有的漂了洋，有的扎了根。

想。天涯不远。想。江湖无风。想。天下太平。

比如，比如，比如……我的纸是无边的海洋，容得下更多的星星落下来！

为灵魂降一场雪

人间太热闹，灯红酒绿处，太盛的喧嚣。而我，是不喜繁华的。

你说，某一日，你坐车疾驰于高速路上，忽然看到很多人间的歌舞楼台，你认为那应该是自己死以后的事情，你忽然觉得，人间种种，不过都是虚幻的盛景。

一颗心，不自觉地就去了红尘的另一边。

我想，弘一就是某一天看到这些，才毅然决然抛弃红尘的吧。任妻子在寺庙外跪了三天三夜，都不曾回头一望。只是冷冷的一句：虽存若殁。

叔同已死，活着的是弘一。

莫非，你也有皈依的意味？我替你摇了摇头。

世人看到的是弘一的决绝，我看到的，是他为自己的灵魂，降的一场雪。

他降的是一场好雪，可以冲泡世上最美的茶的那种好雪。

如今这人世，好茶尚有，好雪却难寻了。

在这个过程里，弘一自己也成了一场好雪。他抖了抖袈裟，便是给太过喧嚣的尘世，降了一场雪。

只是，我还不可如弘一那般，淡然出世。因为我在红尘这边，还有债，没有还尽。

我并非贪恋这人间美景，实在是，我在人间，有太多的牵挂。人间很美，我舍不得。不舍，不是贪恋，是在偿还。

其实，大可不必如此剑走偏锋，也不必如此决绝凛冽，留在俗尘，一样可以，为灵魂降一场好雪吧。

我觉得世上人都睡着，在梦里生活，而我过早醒来。他们都快乐不知在梦中，所以，难得糊涂，糊涂起来最快乐。有时候，觉得自己像个长不大的孩子，有时候，觉得自己又看透了一切。我有时很热爱，有时又悲凉。

有些梦，不愿醒来，醒来什么都空了。寂冷的边，神和人，一个都没有。

在承德避暑山庄的寺庙里，我看到一种很特别的“楼梯窗”。导游解释说，寺庙离闹市很近，只有一墙之隔。为了防止小和尚们贪恋俗尘，所有的窗口都封死了。可是这样，阳光就进不来了，风也进不来。后来住持想到了一个好办法，那就是在窗户里边砌一些小阶梯。这样，可以曲折地带进来阳光和风，人的眼睛却看不出去。可是仔细想来，这其实是一个败笔，它太专注于一种形式，一个人，真正的修炼是内心的修炼，放到最热的火中锻造的，才是最好的剑。

那望不到红尘弥漫的眼，不见得就多么纯净；那听不到市井喧哗的心，也不见得可以降下一场好雪来。

我的邻居老海，每天早上在闹市卖油条，一根油条一元钱，一早上生意若好，可以卖五十根，去掉本钱，可以赚个三四十元。谁能想到，他曾经是个身家千万的大老板，由于决策失误，公司倒闭，而且负债累累。没办法，从头开始，如果按这个卖油条的方式来还债，他得还 200 多年。按理，这该是个要跳楼的人吧，可他不，低迷一阵子之后，照样乐呵起来。山珍海味没了，咱吃豆腐土豆，一样津津有味。他说，那朴素的饭菜里，有活着的味道。

老海人在闹市，却超脱如佛。他抖抖肩，散落的面粉，我看着倒是像极了雪。

你我虽是俗人，也不免奢想着去觅得好雪，来泡一杯好茶。只是这世上，若有干净的雪，唯有去内心寻了。

那就去内心寻好了，何必弃了这红尘。

最本真的活着，就是为自己在降一场没有污染的雪，不必拘泥于红尘外还是红尘里。

记住，每个生命都可以是伟大的，只要你找到了一个最合适的角度，去瞻望它。

迟日江山丽，春风花草香

“梅须逊雪三分白，雪却输梅一段香。”我们最为敏感的似乎是视觉，其实触动我们灵魂的可能是嗅觉中的气味。德国作家帕·聚斯金德的小说《香水》，讲述一个追寻香水的故事，更是一个为了追求极致而犯下滔天罪恶的故事。故事的主人公格雷诺耶生有特殊的嗅觉功能，就像一只超乎寻常的狗，可以分辨超过10万种的气味。获取非同寻常的气味，尤其是或浓郁或淡雅的各种香气，才能证明生命的存在与伟大。

小说里面写道：“人们可以在伟大、恐怖和美丽之前闭起眼睛，对于优美旋律或迷惑人的话可以充耳不闻，但是他们不能摆脱气味。因为气味是呼吸的兄弟，它随着呼吸进入人们的体内，如果他们要生存，就无法抵御它。气味深入人们中间，径直到达心脏，在那里把爱慕和鄙视、厌恶和兴致、爱和恨区别开来。谁掌握了气味，谁就掌握了人们的心。”

格雷诺耶生活在彼时臭气熏天的巴黎，木材正在腐朽的气味和羽绒被发霉的臭气都让人憋闷得喘不过气。不只这些，人们也同样和清洁沾不上边，牙齿间的腐臭、许久未洗澡的汗臭混合着酸臭，还有胃里时常反上来的各种食物正在融解的恶臭。他只用了一滴来自少女体香的香水，便让人们忘乎所以，为之疯狂。

小说中的极致夸张在现实中当然不可能存在，不过人们对于美妙气味的追寻，从来没有停止过探寻的脚步。对普通人而言，除非受到强烈的刺激，嗅觉是一种容易被忽略的感觉，其实，一种气味的飘过或消失，都能在脑中投射出一段情感波动，嗅觉记忆是我们情感生活的一部分，让我们可以分享彼此的情感体验。电影《非诚勿扰》里说：一见钟情不是你一眼看上了我，或者是我一眼看上了你，不是看，是味道，彼此被对方的气味吸引了，迷住了，气味相投你懂吗？——最让人记住的，是彼此的气味。当我们活着的时候，我们可以拒绝看，可以闭上眼睛，却永远不可能停止呼吸。

日本音乐家喜多郎建议我们适时闭上眼睛、空掉身心去感受这个世界，或者用触摸、嗅觉的方式去平衡自己的感官。喜多郎说自己对于儿时的记忆很大程度上是嗅觉的记忆。“提及童年，我脑海中都是各种饭香、花香，不得不说，现在的视频太发达了，人们其他感官的功能都退化了。”

冯唐说，没有味道，我靠什么分辨世事。或许在他看来，以味识人、品物、度事，甚至比任何“厚黑学”或心理分析都更加游刃有余。《嗅觉符码：记忆和欲望的语言》中说：一个没有气味的世界将会是令人沮丧的。苏格拉底认为气味反映一个人品位，这意味着气味有某些“情报上的价值”。不过，柏拉图却谴责香水，认为它容易让人显得柔弱，使人想得到肉体的欢愉。依柏拉图的看法，一个人应该由学问陶冶出美好灵魂，身体及其气味不过是灵魂暂时的坟墓……

“迟日江山丽，春风花草香。”美好的风景，如果缺少了馥郁的味道，那就是不完美的。与《香水》中的暗黑世界相反，其实，香水调剂师是很多人羡慕的职业，他们每天只工作两小时，而收入非常丰厚，据说全球只有 300 位。但是，他们必须滴酒不沾，也不能抽烟，不能吃辛辣食品，甚至要保持情绪稳定，不能大喜大悲——只有这样才能保持嗅觉的灵敏。顶级的品酒师、品茶师也大都如此。从某种意义上说，他们是真正的知味者。

嗅觉是味道的先锋官，而味觉是味道的运筹者。从先锋官转移到运筹者，我想到了安倍夜郎的《深夜食堂》，对于那里的每个人来说，对某种食物的偏好，其实都是对某些情感的偏执，以及对某种味道的怀念吧。

“在我店里，只要是客人想吃的东西，又能用当天店里的食材做出来的，我就会给他们做，这就是我的营业方针。”《深夜食堂》老板的经营方式，就是让顾客们审视自己的内心。当你面对琳琅满目的菜单时，你往往会被丰富的选择所迷惑。但是，让你自己选择你想吃的东西，才会唤醒你内心最深的渴望。在深夜食堂，没有人会选择点昂贵的菜肴，价格不等于价值。当每个人卸下伪装和防备的时候，每个人点的菜肴普普通通，对他们来说都是有灵魂的，都藏着难忘的过往和难舍的记忆。

人的一生有那么长，可是值得我们铭记的回忆并不多，对寥寥几件往事的回忆会长久地左右着我们的行为。永不止息的回忆将那些在深夜徘徊无法入眠的人吸引到神奇的深夜食堂里去，因为在这里，每个人都可以找到那个令人终生难忘的味道。吃一顿简简单单的饭菜，就仿佛经历了一次短暂的时光穿越之旅，虽然早已物是人非，可是一晌贪欢，当你闭上眼回味那熟悉的味道时，你的大脑也会善意地提醒你，仿佛一切都没有改变过，那些你珍而重之的，还完好地躺在你的怀里。

我曾经读过一本关于一位星级大厨为临终病人做饭的书，里面说，人临终时想吃的食物，其实千奇百怪，但与其说他们品尝的是味道，不如说，他们是在追寻着某种回忆。《深夜食堂》的故事，更多验证了这一点。他们也许惦念着某个人，或是惦念着某段日子，于是开始钟爱某种食物。有时候，他们并不爱吃某些食物，但他们想品尝回忆，因为旧时光里的味道割舍不掉。他们坚信，味道是一张网，可以用它去打捞失散多年的另一个自己。

关于狐的一张CD

那么薄的一扇窗子，最微弱的风也能将它吹破。狐微闭双眸，从内心搬出咒语，将它紧紧地罩住，不让一丝风惊吓窗子里睡熟的书生。

狐轻轻地将书生手中厚厚的诗书扔掉，那是书生用来换取功名的一块块砖。这些砖，铺在通往仕途的路上，这些砖，正在压扁一颗疲惫的灵魂。狐将压在书生心头的砖块拿掉，把自己温热的手送入他的手中。这就够了，书生已经在梦中与她相爱了。幸福就这样乘虚而入，悄悄降临。蹑手蹑脚，像雾，像懒惰的猫，甚至带不动一丝风，惊不起一粒尘土。

狐在屋子的周围栽满蜡烛，狐在营造一座天堂。这些，睡熟的书生一无所知。

狐把雪地上所有的脚印盖住。想让自己迷失，想让自己永不回头。狐知道，在自己的路上，只有激情能熄灭激情，只有伤痛能埋葬伤痛。狐的内心，爱是永恒的方向。

那样的夜晚，注定要孕育出爱情。天上的月亮为情守夜，地上的狐为爱咯血。柔弱而又坚强的狐，在雪地上很古典地燃烧成不熄的火焰。

书生醒来了，寻找遗落的诗书。他把诗书握在手里，却再也无心翻阅。他不知道自己已置身天堂，他不知道狐已经住进了他心底的洞穴。

那么薄的一扇窗子，甚至一瓣雪花都可以将它压垮。狐，再次从内心搬出咒语，温柔地将它缠绕，不让一瓣雪花落进爱人的心里。

狐，带着墨香，带着古典的尘，姗姗躲入书生的怀，书生的藏满爱意的井。

一张关于狐的 CD 在漫天的雪花里读完它的最后一秒，可是它栽在我心头的火焰并没有熄灭。曾经歌唱着从青春的中心走过，又满怀忧伤地将昨天的风花雪月刻录成光盘反复播放。总想再找回一些年轻的感觉，再找回一些年少时因为无知而带来的喜悦。轻易地说爱又轻易地抛弃，太多的承诺里早已没有了承诺。当幸福的时光需要回头去看的时候，才知道生命中有一些美好靠承诺无法拴住，有一些誓言用梦的手臂也无法缠绕。

有时，命运是一个刽子手，持一把利刃，干净利落地切割着生活。在它面前，没有完整的昨天和今天，只有明天是完整的，因为明天在想象中，在期盼里。

一场轰轰烈烈的爱足以融化漫天的雪花，就是这些狐一样的，提着一盏盏悲剧的灯笼走来的情种，为我们的灵魂撒满了雪花。她们用真实抵御着这个世界铺天盖地的谎言；用柔情缠绕着这个世界如履薄冰的冷酷；用爱意化解着这个世界的刀光剑影，血雨腥风。

一张关于狐的 CD 在寒冷的夜里拯救了我，让我的心灵找到了退路。这个世界里仍然挺立着一种叫真爱的植物，它们郁郁葱葱地荫护着一群美好的心灵，一群向天堂疾飞的鸟。

真爱其实就在身旁,妻子用一块一块爱的砖头垒出的美丽的家，用一根孤单的毛线日夜不停地将爱缠绕，缠绕成的温暖的毛衣。真爱在这个早晨像隐匿在花蕊中微笑的露水，在这个黑夜像燃烧在角落里流泪的蜡烛。让人想起多年前看过的一部外国电影里的一句台词，女主人公面对猝不及防的爱情喃喃自语：风能躲过，雨能躲过，只有爱情怎么躲也躲不过。

木字旁的人生

“盛开的玫瑰是给业余爱好者观赏用的，而园丁的快乐则是另一种更深层次的、类似于接生的快乐。园丁死后不会因为吸了太多花香而变成蝴蝶，他们只会变成蚯蚓，一点点地啃着黑乎乎的、含氮的、略带苦味的泥土。”我知道，你一定和我一样，深深地被卡雷尔·恰佩克《一个园丁的一年》中的这段话打动——那些“蚯蚓”，多么像平凡、普通的我们，因为奉献而闪耀光芒。

园丁是令我艳羡的职业。一颗亲近草木的灵魂必然是芬芳的。与其说他在照看那些花草，不如说那些花草在照看着他。他每天穿梭于花草之中，慢慢就忘却了自己的苦痛，一颗受伤的心也被治愈。当然，互相给予，也是人与草木间和谐相处的最好方式。人因草木而丰盈，草木因人而葳蕤。

我喜爱草木，看见整齐的草坪，就想躺下来与它们亲近。

暮色中，陪一株桂树看河水，或者是，陪着河水看桂树。浓浓的桂花香提醒我，它才是主角。那一刻，我觉得，自己正在被一棵树偷窥，但一点儿都不妨碍我继续敞开。

我把一棵树当成心里的一座房子，生于斯长于斯，也必将埋葬于斯。那房子永远不会倒掉，因为它的根系足够庞大。

我从故乡的草丛里走过，闻到久违的芳香。上车的时候，我的身上挂着一粒苍耳，我并没有扔下它，带着它吧，也算是我从故土带回来的一份念想。苍耳，喜欢粘着我们，不管不顾地爱着我们。而我曾经一次次地将它丢弃，因为它粘人的样子让人心生烦乱。可是此刻，它像我蹒跚学步的孩子，牵我的手，不肯松放；它又像我衰老的母亲，只认得我，跟在我身后，亦步亦趋。

连绵不断的雨，像一条癞皮狗，死乞白赖地咬住九月的裤脚。许多花，一瓣一瓣剥落，人们只闻到花香，看不到花朵的眼泪。一朵被摘走的花，它生命的余温是还残留在茎叶上的花香，被惊走的蝴蝶因惦念它再一次飞了回来。

秋天的草木里，我还会想起藤，它是一条绳索，用嫩绿的叶子伪装，用深绿的叶子装饰。你若与它相爱，它便做你的秋千；你若与它相杀，它便将你捆缚。越是深秋，它越是绿得恣意盎然。在一片萧瑟之境，它鼓舞着人心，借着一面墙或其他可攀爬之物，将触手无限伸张出去。所以，我们总能看见它张牙舞爪地铺满一面墙，那是它在号召晚秋里的植物们，一起把秋天再往回拉一拉。

在这么美的秋光里，草儿终于不再倔强，温顺地选择枯萎。它们将得到我的祝福——我祝福每一棵草都能满足地对生活点点头，我祝福每一朵花都不会让人摘走，凋零在枝头，就像，祝福一个人可以埋葬在故乡。

阿兰·德波顿在《旅行的艺术》中说："假如我们可以将一种游山玩水的心境带入自己的居所，那我们或许会发现，这些地方的有趣程度不亚于洪堡的南美之旅中所经过的高山和蝴蝶曼舞的丛林。"的确如此，心有草木，每一步都是曼妙的旅行。每一步，也都在慢慢走出一段木字旁的人生。

于是，我贴紧大地，假装自己是一株草木，如此，才能躲过俗世里欲念的追杀。一个人，不能因为没有吻到心爱的人，就把嘴唇定义为失败的嘴唇；不能因为没有登顶高峰，就把双脚定义为失败的双脚；不能因为没有长生不老，就把身体定义为失败的躯壳；不能因为没有握到那柄至高无上的权杖，就把一生定义为失败的人生。

钱穆先生痴迷于侍弄花草。其夫人胡美琦回忆说，那时候 20 多平方米的小房子里，竟然养了大大小小近百盆花草，摆满了窗台、柜子、书桌、茶几、阳台。他用栽花、赏花代替了一部分运动。他喜欢围棋，但从不与人对弈，他觉得那样费时、伤神。所以，他总是自己摆棋谱，这亦是一种淡然的木字旁的人生。拥有了它，就上升了一个境界，心中无欲，草木葳蕤。

选择去花草间清修的人，必然带着一颗芬芳的心。你从不会看到蜜蜂们会为了花蜜而争吵，也不会看到蝴蝶们因为花香而彼此争执，选择了草木，便是选择了无争之境——风并不催你上进，也不拽着你沉沦，只是那么轻盈地吹，吹落一朵花肩头的阳光，吹落另一朵花肩上的尘灰。

木字旁的人生，是自由生长，是万籁俱寂，因为草木不争，万物祥和。芸芸众生，随波逐流，且珍惜好你的木字旁，储存好你的香气。

陷入尘埃的光

画师看了一遍又一遍不同的弟子所画的山峰，无一例外地摇摇头。是弟子们画得不像吗？画师说，不是让你们画得逼真，而是要让你们画出它的魂魄。弟子们终究还是没有画出令画师满意的山峰。我却不把这归结为弟子们画技不精，而是认为那山峰，没有被尘世的画笔所驯服。就像尘世里的某些人，保留一身桀骜不驯的棱角，俗世终究无法将他们驯服。

在同一棵花树下，有人赠我以笑意，我们彼此互生好感，皆因我们一同爱着这花树，爱屋及乌；在同一个事故现场，有人投我以冷眼，我们彼此心生厌恶，皆因互相猜测对方是使坏之人，殃及池鱼。在不一样的环境里，亦会造成不一样的感觉。

当一面镜子背后的铜脱落下来，镜子就变回了透明的玻璃。那是镜子的本真，只是，你也会因此再也照不到自己的容颜。所以，不能因为某些东西的不透明而嫌弃它，就像赌石者手里的一块石头，那不透明的石头里，没准儿就藏着无比通透的玉。

烟花说："我是因为绚烂而凋零。"

峡谷说："我看似傲慢，从不向谁伸出手去。可是，谁若是喊了一声，我都会给予回应。"

大雾说："我是巨大的补丁，会缝合这世间所有的漏洞与嫌隙。"

外面下着雨，爱人在煮饺子。我望着窗外的雨，闻着饺子的香味。

你看，外面雨点儿再大，也挡不住锅里的饺子熟了。

有一次，我和朋友们聊起在家的排行。新英说，她居中间，有哥哥姐姐，也有弟弟妹妹，小时候觉得自己是被忽略被遗忘的，而现在大家都羡慕她福全。

我告诉她，你居于哪个位置，就有哪个位置的光。在那里，云不会多给你一件衣衫，但你的衣衫正合身。光也不会多给你一盏茶饮，但茶后存香。自然，风也不会多给你弹一曲微凉，但风来得恰到好处。

万千世界，你居于哪个位置，就有哪个位置的好。

在阳台上换衣服，差不点就脱了个精光。被老妈训斥，她说：“屋子是你自己的，这阳台可不完全是，路过的人一抬头就看得见，你总得顾及一下别人的眼睛。”

她还在那里供奉着一尊菩萨，她说：“家里没有点儿香味，菩萨都会嫌弃的。”因此，我的家里每天都香气萦绕。

菩萨从一千双手中伸出一只，就能拯救我。可是我不知道，菩萨是一种什么类型的生物。

一杆秤，配了秤砣，才有了公平。一座挂钟，上紧发条，才有了时间。

篮圈被卸掉了，可是孩子们仍旧一次次将球投向篮板。那个曾经有篮圈的地方，没有人能判断那个球是否投篮成功，没有篮框，就换个规则——玩橄榄球如何？

生活总是有那么多不完美，迁就它，不如改变它。比如坐公交车，睡着了，坐过了站。好吧，正好这里有个修鞋摊，把鞋子的拉链修一修。

我看过的书，与我积攒的书签总是不成比例，书签太多，而书总是来不及看。一天的时光，被塞得满满，里尔克的诗句在卫生间里读出来，总是显得不合时宜。可是别无他法，原谅我的不敬，保罗·策兰、切·米沃什，都曾陪我一起坐于马桶之上，那里已成我灵感频发之源。

卡夫卡在《城堡》里这样阐述过：努力想得到什么东西，其实还需沉着镇静、实事求是，就可以轻易地、神不知鬼不觉地达到目的。而如果过于使劲儿，闹得太凶、太幼稚、太没有经验，就哭啊，抓啊，拉啊，像一个小孩扯桌布，结果却是一无所获。只不过把桌上的好东西都扯到地上，永远也得不到了。

梅花鹿从不羡慕大象的鼻子，因为它背上有梅花。而且那些梅花，永远不会凋落。

我相信，吃掉黄金的人，身体不会发光。但吃掉月亮的人，会。

一封旧信的折痕

一封旧信，辗转于时光。如果它有脚，它应该像小鹿的蹄子，踏着月光与花香；如果它有翅膀，它应该如蝶之翼，携着露珠，飞过草丛。当然，这必须是一个男子写给心仪的女子的信，或者是女子写给爱慕的男子的信，它可以满足我对美好事物的所有想象。

信的内容已无关痛痒。泛黄的信纸，有了毛边的纸端，以及那略有讲究的折痕，无一不在剧透着那段旧时光里的情事。

我认为，通信是爱情里必不可少的浪漫。当你读着那些面对面无法说出的话，会一下子把信反过来扣到桌面上，双手紧紧捂着，生怕别人看到了你的秘密。而我更担心的是你滚烫的红晕，将它们点燃。

一封信里可以读出山河，读出琴音，读出酒酿。所以，在一些怀旧的电影里，你总会看到这样的镜头—— 一个女子在窗前，把一封信贴在胸口，闭紧双眸，头微微地后仰，酒窝里泛着陶醉的光芒……此刻的女子遍览山河，心头琴瑟和鸣，如饮琼浆。与其说她被男人征服，不如说被一封信征服。

写信，等信，收信，是一个美好的循环。在这个循环里，慢慢抻出爱情的轨迹。

有信至，捎来万颗红豆，菩提的叶托着，日子很薄，但它，总是会把日子垫厚几分。

可是这么美好的信，我们却烧掉了很多。年轻是一头冲动的小兽，它时而暴怒，如乌云里的闪电，它时而安静，如一座废弃的庄园。一些误会，一句伤人的话，便会累及这些无辜的信。多年以后，我们在谈起那些被烧掉的信，总是忍不住心疼。

那是我们最初的信，信里有诗，啤酒和烟灰缸，我们以哥们相称，大千世界无所不聊，知晓你是个女孩之后，我们的信才有了香气。可是我们烧掉了它们，香气亦变成焦味。有人说，青春经得起折腾，分分合合也无伤大雅。可我总觉得，烧掉的那些信，还是在我心上烫了个洞。

烧掉的又何止是信呢？那是一段一段的回忆。烧掉之后呢，又是一封接一封地写，就像那即将织好的围巾，拆了又织织了又拆。

青春啊，就像一部动人心魄的小说，一波三折，让我们欲罢不能。

你任性地烧掉那些你写给我的信。可是，你知道吗？你烧掉的信，正以另一种方式，飘散在风里，由风念给我听。由此，我有理由认定，你烧掉的信，正以另外的方式，卷土重来。

比起被烧掉的信，我更在意那些信的折痕。那时候，要把写好的情书叠成各种形状，以寄寓不同的情境。其实，叠出多少形状，最终也只有一个心的形状。情书为什么要折叠呢？因为要叠起来所有的缱绻，暖你。

折叠，这是一个多么好的意境啊，一封信的折叠，像不像一种拥抱呢？一张纸的上半部分，拥抱着下半部分；一封信的开头，拥抱着结尾；一些美妙的词，拥抱着另一些美妙的词；一种香味，拥抱着另一种香味；相思拥抱着相思；眼泪拥抱着眼泪；叹息拥抱着叹息；爱拥抱着爱。无所不包的信啊，又如此单一，因为那“折痕里，只有你的马车缓缓经过”（康雪语）。